허리춤을 내준 시카고 남자

허리춤을 내준 시카고 남자

초판 1쇄 발행 | 2021년 5월 12일

지은이 | 차은숙
펴낸이 | 윤용철
엮은이 | 이용헌
펴낸곳 | 소울앤북
주　소 | 경기도 파주시 회동길 325-22, 3층
전　화 | 02-322-6912
이메일 | admin@seoulbooks.co.kr
등　록 | 2014년 3월 7일 제4006-2014-000088

ISBN 979-11-91697-00-1 03810

허리춤을 내준 시카고 남자

차은숙

소울앤북

여행은 언제나 사람의 마음을 설레게 한다. 설렘을 안고 홀로 여행을 하다 보면 낯선 사람들과 만나 깊은 우정으로 이어지기도 한다. 사실 여행길에서 만난 사람들과 일상생활에서 불현듯 만나는 사람들과의 차이는 별로 크지 않다. 그런데도 여행 중에 만난 사람들과 특별한 인연으로 이어지는 것은 여행이라는 상황을 받아들이는 우리의 마음이나 태도가 좀 더 폭넓게 작동하기 때문일 것이다.

낯설고 불편한 잠자리, 그리고 예기치 않은 사건과 긴장감을 안은 채 무거운 배낭을 메고 길을 헤매며 다니면서도 또다시 여행을 꿈꾸는 것은 여행이 우리를 더 젊고 순수하게 만들어주기 때문인 것 같다. 나에게도 여행은 늘 새로운 청춘의 활력과 강인함을 심어주는 계기가 되었으며 열린 마음으로 세상을 바라볼 수 있는 시야를 가질 수 있었다. 그런 열린 마음이 새로운 만남을 가능하게 해준 것 같다.

바쁜 일상에서 벗어나 이국적인 풍경의 아름다움을 느끼고 낯선 사람들과 낯선 문화를 경험하면서 새로운 세상과 만난다는 것, 이것은 여행이 나에게 주는 평범하지만 특별한 선물이다. 프랑스의 한 소설가는 "여행이란 단순히 우리가 사는 장소를 바꾸는 것이 아니라 우리의 생각과 편견과 시야를 바꾸어 줌으로써 오롯이 자기만을 만나는 것"이라고 했다. 나에게 여행은 세상과의 만남이었고 내가 모르고 있던 나와의 만남이었다. 그런 각각의 만남들이 모여 내 삶이 되었고 그 과정에서 내 인격이 형성된다는 것을 알았다.

여행이 아니었으면 평생 만나지 못했을 사람들과의 만남은 특별한 연결고리가 되어 오랜 인연으로 이어지기도 했고 그 각각의 인연이 하나의 색깔이 되어 내 삶을 채색해나갔다. 때로는 기약 없이 헤어졌던 사람과 다시 만나 또 다른 인연으로 이어지기도 했다. 이제 와서 돌이켜보니 낯선 땅, 생소한 이국의 풍경은 내 삶의 활동 무대였으며 나는 그 무대 위에서 나만의 인생을 신나게 즐겼던 것 같다. 그 인생 여정에서 만났던 많은 인연들을 한 점 한 점 찍어놓고 보니 어느새 한 편의 영화 같은 파노라마가 펼쳐졌다.

섬진강 가 외딴 물레방앗간에서 태어난 나는 어린 나이에 서울로 이사 와서 대학과 대학원을 마치고 미국 시카고로 유학을 떠났다. 그곳에서 학위를 받은 후 일리노이주의 위네카 공립학교에서 오랫동안 재직하다가 한국으로 돌아왔다. 다시 돌아온 고국의 대학에서 학생들에게 영어를 가르치면서 나는 그 누구보다도 주어진 역할에 충실한 교육자로 살았다. 그러다 여름방학이면 미국, 유럽, 오세아니아로, 겨울방학이면 미얀마를 비롯한 동남아시아 등으로 새로운 만남을 꿈꾸며 떠나곤 했다.

이 책은 단순한 여행지의 소개나 여행 안내서가 아니다. 여행에 대한 신념을 가지고 떠난 곳에서 만난 사람들과의 특별한 이야기이며 지금까지 살아온 시간 속에 펼쳐진 내 삶의 고백이다. 우리는 언젠가는 미지의 땅으로 여행을 떠나고 싶다는 막연한 희망을 가지고 살아간다. 나는 그 막연한 희망을 현실 세계로 옮겼다. 세계 각지에서 온 이방인들과 교류하면서 직접 느끼고 경험한 이야기를 가감 없이 묘사했다. 이 한 권의 책이 바쁜 일상에서 벗어나 더 넓은 세상을 꿈꾸는 사람들에게 새로운 자신감과 용기를 안겨주었으면 좋겠다.

항상 따뜻한 마음으로 지켜봐 주시고 살아 있는 모든 순간에 끊임없는 용기와 삶의 활력소가 되어준 프랑스 파리 길상사의 혜원 스님께 깊은 감사를 드린다. 나의 소박한 삶과 사소한 여행 경험 글을 읽어주시고 아낌없는 격려와 용기를 주신 전 성균관대학교의 김용철 교수님께 고개 숙여 인사 올린다. 보잘것없는 글을 추천해주시고 칭찬을 아끼지 않은 스카이데일리의 박선옥 부장님께도 깊이 감사드린다. 세 분의 격려가 없었다면 나는 결코 나의 이야기를 세상에 내놓을 용기조차 갖지 못했을 것이다. 또한 언제나 절대적인 힘이 되어준 송재진 작가님, 자신감을 잃고 마음이 흔들릴 때마다 가족처럼 보듬어준 광주 김현숙 선생님, 젊은이의 감각과 참신한 아이디어를 제안해준 현이와 현빈에게도 숨길 수 없는 사랑의 마음을 전한다. 끝으로 출간을 위해 애써주신 도서출판 소울앤북의 윤용철 대표님과 부족한 글을 다듬어 새 생명을 불어넣어 준 이용헌 편집주간님께 진심으로 감사드린다. 두 분은 내 인생의 못다 핀 마지막 꽃 한 송이를 활짝 피워준 소중한 분들이다. 한 사람의 삶을 빛내준 아름다운 인연에 감사한다.

지금 이 순간 나는 내 인생 최고의 봄날을 맞이하고 있다. 오늘 이 시간은 내 인생 최고의 선물이다.

2021년 5월
차은숙

| 차례 |

2부 | 회색 도시의 선물

—

1부

—

바람의 도시 시카고

그대의 눈부처

　영하 30도의 혹한 속에서도 꽃은 피어나고 있었다. 양볼이 꽁꽁 얼어붙고 귀마저 떨어져 나갈 것 같은 시카고의 겨울, 매서운 바람과 함께 엄습한 한파에 온 도시가 떨고 있었다. 마음 하나 의지할 곳 없는 그 넓은 미국 땅에서 나는 매일매일 눈물로 얼룩진 시간을 살고 있었다. 때로는 너무도 말이 하고 싶어 수화기를 들곤 했지만 대화에 허기진 내 상대가 되어줄 사람은 아무도 없었다. 온갖 다른 문화와 다른 피부색, 수십 가지가 넘는 언어를 쓰는 사람들이 모여 살고 있는 미국 땅에서 나는 너무도 작고 초라한 존재에 지나지 않았다. 그러나 그런 고독한 세상 속에서도 나는 조금씩 사랑의 씨앗을 심고 있었음을 깨달았다.

　시카고 북서쪽 에번스턴에 한 노인 아파트가 있다. 이 아파트는 한 달 월세만 해도 삼백만 원이 넘는 고급 아파트다. 항상 의료진이 보살피고 있고 입주민 전용 식당도 있다. 함께 모여 대화할 수 있는 공간과 가족들을 만날 수 있는 미팅 장소도 있다. 운동시설은 물론 수영장까지 갖춘 호화 아파트다. 그곳에서 나는 매주 일요일마다 몇 분의 할머니들과 시간을 보냈다. 86세의 매리언 할머니는 그 중 가장 건강해서 다른 할머니들을 도우며 지냈다. 매리언 할머니와 나는 단짝이 되어 설거지도 도와주고 빨래도 도와주고 독서 클럽에도 함께 참석했다.

365일 수많은 날들 중에 할머니들이 가장 외로움을 느끼는 날은 어머니날이다. 할머니들은 그날만은 자식들이 찾아와줄까 잔뜩 기대를 한다. 그러나 자식들은 그런 어머니의 마음을 헤아려주지 않는다. 어머니를 위한 어머니날! 그런 날에 자식을 둔 어머니들은 더 큰 외로움을 느낀다. 나는 그날따라 어머니들 앞에서 온종일 재롱을 떤다. 혼자만 가슴 깊이 숨겨둔 그분들의 기다림을 조금이라도 달래줄 수 있기를 간절히 바라면서.

내가 살고 있는 아파트 주인인 폴란드 할아버지는 나를 볼 때마다 집안에 고칠 것이 없는지 물어보곤 한다. 언제든 당신의 도움이 필요하면 망설이지 말고 부탁하라고 말한다. 아무런 부탁을 하지 않으면 내 방으로 올라와서 또 물어본다. 그제야 고칠 것이 있다고 말씀드리면 할아버지는 콧노래를 흥얼거리면서 어린아이처럼 좋아한다. 곧바로 커다란 연장통을 들고 와서는 고장 난 것을 말끔히 고쳐준다. 행복해하는 그분의 뒷모습에서 외로움이 묻어난다. 그래서 혹시나 할아버지의 손길이 필요한 곳은 없는지 집안 곳곳을 찾아다니곤 한다. 가끔 고칠 것이 없어도 일부러 고칠 것을 만들어 할아버지께 도움을 청하기도 한다. 그럴 때면 할아버지의 얼굴은 금세 생기가 돈다.

정신병원에 입원한 친구가 나만 찾고 있다는 간호사의 연락을 받고 폐쇄병동으로 달려갔다. 굳게 잠긴 철창문이 열리고 병동 안으로 들어가는 순간, 몇 명의 환자들이 내 주위로 몰려든다. 바깥세상에서 온 나를 에워싸고 뚫어지게 바라보기도 하고 반갑다고 손을 내밀기도 한다. 나는 악수를 청하는 사람조차 두렵고 무서워 잠시 얼어붙고 만다. 그러나 두 번, 세 번 그곳을 방문하면서 그들과 친해졌을 때 비로소 마음이 달라지는 것을 느꼈다. 어쩌면 세상의 불의와 거짓에 타협하지 못해서 세상을 버릴 수밖에 없었던 그들, 미치지 않고는 견딜 수 없었던 그들의 맑은 숨결이 느껴지는 것만 같았다. 세상의 모든 사람들이 정신병자라는 편견을 가지고 외면한 그들에게서 나는 순수한 영혼의 숨결을 느꼈다. 사람은 인간관계 속에서 변화를 경험하고 새로운 정을 쌓고, 의사소통을 함으로써 치유된다. 고정된 편견과 선입견을 버리면 새로운 사람이 보인다.

칠순을 훌쩍 넘긴 엄마와 아버지는 외국에 살고 있는 딸 집에 오셔서도 사랑싸움을 자주 한다. 내가 조금이라도 아버지 편을 드는 듯싶으면 엄마는 금방 토라져서, "너는 네 아버지 편만 드냐?"라고 불평한다. 늙은 노부부의 사소한 말다툼, 그것은 분명 사랑싸움이다. 나는 함께 늙어 가는 두 분의 사랑싸움 심판관이 되곤 한다. 오관을 내려도 좋다! 오래오래 두 분의 심판관이 되어드릴 수만 있다면.

　열 살 난 조카 녀석이 나만 보면 딱지치기, 씨름, 오목을 두자고 졸라댄다. 자기가 뭐든지 일등이라고 생각한 녀석은 함께 놀다가 조금이라도 사태가 불리해지면 말도 되지 않은 규칙을 만들어내면서 억지를 부린다. 계속 실랑이를 벌이다가 궁지에 몰리면 하는 한마디, "이모, 선생님 맞아?" 열 살짜리 아이의 마음이 되어 함께 놀아줄 수 있는 것, 그것은 훈훈한 키 높이 사랑이다. 맑은 아이의 마음속에 그 순수함 잃지 않기를 바라본다.

　이 세상에는 사랑에 목마른 사람이 많다. 부자든 가난하든, 많이 배웠든 배우지 못했든, 건강하든 건강하지 못하든, 사람이든 동물이든 모두가 사랑에 목마르다. 우리는 사랑받지 못한 느낌이 얼마나 서러운 것인지, 사랑받는다는 것이 얼마나 큰 축복인지 잘 알지 못한다. 사람들의 아픔과 외로움을 공감해줄 수 있는 것, 그 아픔에 귀 기울여주는 것, 그것은 사랑의 눈빛, 눈부처다. 한 시인은 노래했다. "그대 눈동자 어두운 골목, 바람이 불고 저녁별 뜰 때, 내 그대 일평생 눈부처 되리."

　사랑하는 사람과 대화할 때 그 사람의 눈을 똑바로 보아야만이 눈부처를 볼 수 있다. 거짓 없는 마음으로 사랑하는 사람의 눈을 회피하지 않고 직시할 때만이 그 사람의 눈동자에 비친 내 모습을 볼 수 있다. 그 눈동자에 비친 모습이 눈부처다. 사랑하는 사람의 눈을 보고 있어도 다른 생각을 하고 있으면 눈부처가 보이지 않는다. 눈부처는 가까운 곳에서 서로의 눈동자를 사랑 가득한 마음으로 지긋이 바라볼 때만이 볼 수 있다. 그러므로 눈부처는 두 사람의 따스한 사랑을 말해주는 증표이다.

많은 사람들이 눈부처를 볼 수 있는 세상, 그런 세상은 사랑하는 마음에서부터 시작된다. 마음에서 시작된 작은 사랑의 씨앗 한 알이 활짝 피어나 모든 이들이 걸어가는 그 길 위에 눈부처의 꽃길이 펼쳐질 그 날을 꿈꾼다.

일 년에 한 번 보내는 편지

시카고에 도착한 후 일리노이주 운전면허증을 받기 위해 오래된 중고차를 구입했다. 무사히 면허증을 받고 그 차로 학교도 가고 여행도 다녔다. 그런데 낡은 중고차가 운전 중에도 갑자기 멈추기 일쑤였고, 엔진에서 연기가 나는가 하면 머플러(자동차 배기가스 소음기)가 떨어져 나가 굉음에 소스라치게 놀란 적도 있었다. 배터리가 방전되어 도로 중간에 서 있는 내 차를 발견한 다른 운전자가 다가와 배터리 충전을 해주기도 했다. 사람의 두뇌와 같은 트랜스미션(변속기)까지 완전히 교체했는데도 여전히 고물차였다. 언제 터질지 모르는 시한폭탄을 안고 다니는 느낌이었다.

이렇게 자동차 때문에 골치를 앓고 있는데 한 친구가 홍콩에서 이민 온 자동차 정비사를 소개했다. 그는 일본 자동차 서비스센터에서 일하는 전직 홍콩 경찰관 출신이었는데 홍콩이 중국에 반환되기 전에 미국으로 이민 온 사람이다. 그는 내 차를 주의 깊게 점검한 후 정비에 들어갔다. 침착하게 부품을 교

20

체하고 시험주행을 하고 다시 다른 부분을 점검하는 그는 최소한 자동차에 대해서만은 누구보다 훌륭한 전문가였다. 세심하고 전문적인 그의 정비 모습을 가까이에서 지켜보면서 나는 그를 닥터 오토(자동차 박사)라고 불러주었다.

많은 미국인들이 그러하듯이 작업을 마친 그는 내게 악수를 청했다. 내 차를 말끔하게 수리해준 손이 너무 고마워 나도 모르게 두 손으로 그의 손을 덥석 잡았다. 순간 그의 얼굴에 부끄러움을 참아내는 기색이 역력했다. 그 사람의 손은 기름때와 온갖 잡일로 인해 발바닥보다 더 거칠고 더러워 보였다. 그는 그런 자기의 손을 감추고 싶었던 모양이다. 나는 한참 동안 그의 차가운 양손을 내 손의 온기로 어루만져주었다. 그 이후 그는 내가 미국에 사는 내내 자동차에 문제가 생길 때마다 낮이든 밤이든 전화 한 통화면 말없이 달려왔다. 그 덕분에 이국땅에서의 삶이 훨씬 쉽고 편안해졌다.

긴 세월이 흐른 후, 한국으로 돌아가기 전 나는 작별 인사를 하러 그에게 갔다. 그는 처음으로 식사를 함께 하자고 청하면서 왜 그토록 나에게 각별했는지 조용히 고백했다. 낯선 타국에서 이민 생활을 하는 동안 수많은 고객에게 악수를 청했지만 자기의 기름때 묻은 손을 아무 편견 없이 진심으로 따뜻하게 잡아준 사람은 내가 처음이었단다. 나의 따뜻한 한 번의 손잡음으로 타국에서의 아픔이 눈 녹듯 사라졌다고 고백했다.

그러고는 어디에 살든 일 년에 한 번 잘 살고 있다는 성탄절 카드를 한 장 보내달라고 부탁했다. 약속의 제스처로 나는 말없이 그를 살포시 안아주었다. 지금도 12월이 다가오면 나는 어김없이 예쁜 카드를 사서 그 사람에게 살아 있다는 증거를 보내곤 한다.

"나는 또 한 해를 잘 살아냈습니다. 나는 지금도 당신을 기억하고 있습니다, 닥터 오토!"

떨지 마세요, 선생님!

교육학 석사학위를 받은 후 나는 일리노이주 교육청에서 주관하는 이중 언어교육 교사자격증을 취득했다. 직장을 구하기 위해 서른 군데의 공립학교에 맞춤 소개 편지와 이력서를 보냈다. 각기 다른 교장 선생님들의 교육 취지와 그 학군의 교육 이념을 찾아본 후 거기에 맞는 내용으로 편지를 썼다. 편지를 보낸 후 일주일 만에 위네카 소재 그릴리 공립학교에서 인터뷰 제의가 왔다. 그 소식을 듣자마자 나는 졸업한 대학원의 취업 전문 카운슬러에게 달려가 모의 인터뷰 연습을 부탁했다. 그날부터 실전 같은 영어면접 연습을 했다. 드디어 면접하는 날, 나는 미국인 경쟁자들을 물리치고 당당하게 합격했다.

그릴리 공립학교는 유치원에서부터 4학년까지 있는 초등학교로 '허심탄회한 대화, 진심 어린 소통'이 교훈이다. 각 학급의 정원은 스무 명이 넘지 않은 소수정예 수업 방식을 택하여 집중적이고 체계적으로 학생들을 관리한다. 특히 저학년 교실에는 담임 교사와 보조 교사 두 명이 어린 학생들의 수업 적

응을 도와준다. 교실마다 화장실이 딸려 있고 점심시간 이외
에는 쉬는 시간이 없다. 화장실에 가고 싶은 학생은 담임 선생
님께 양해를 구하고 교실 안에 있는 화장실을 이용하면 된다.

그릴리 공립학교에서 나는 보조 교사로서 암 말기 선고를
받은 미술 선생님을 돕는 업무를 맡았다. 그 미술 선생님의 바
람은 마지막 순간까지 학생들을 가르치다가 생을 마감하는 것
이었다. 나는 그분이 이 세상에서 허락된 시간을 아름답게 마
무리할 수 있도록 진심을 다해 도와드렸다.

미술 선생님의 병세가 점점 악화되자 가끔 미술 수업을 내
가 담당해야 했다. 첫 수업을 하던 날, 분명 나는 떨고 있었다.
어린아이들의 영어 발음은 어른들의 발음보다 훨씬 더 이해하
기 어렵기 때문이다. 어린 학생들은 내가 외국인이라는 것을
배려하지 않고 그들의 언어습관대로 말하기 때문이기도 하다.
일곱 살짜리 열여덟 명의 아이들이 내 주위에 둥그렇게 몰려
앉았다. 나는 작은 어린이용 의자에 앉아 떨리는 마음을 애써
감추려 하고 있었다. 모든 아이들이 일제히 나를 향해 눈을 맞
추고 있었다. 그때 한 남자아이가 무릎을 땅에 끌며 내게로 가
까이 다가오더니 내 양말에 붙은 보푸라기를 떼어 뭉치를 만들
고 있었다. 그리고는 나를 물끄러미 바라보면서 내 무릎에 한
손을 얹고 속삭이듯 말했다.

"떨지 마세요, 선생님! 제가 도와드릴게요."

내가 떨고 있다는 것을 이 작은 꼬마에게 들켜버린 것이다. 순간 얼굴이 빨개지고 숨이 가빴다. 아이에게 바보 같은 내 마음을 들켜버린 것이 부끄러워 차마 그 아이를 똑바로 바라볼 수조차 없었다. 창피하고 당황스러운 감정이 물밀듯이 몰려왔다. '침착해야 한다! 침착해야 한다!' 마음속으로 중얼거리며 나는 내 무릎 위에 놓인 아이의 손을 조심스럽게 살며시 잡으며 말했다.

"너는 참 배려심이 많은 아이구나. 선생님이 잘해볼게. 지켜봐 줄래?"

어른보다 훨씬 더 어른다운 아이다. 나는 그 아이의 다정다감한 동심의 바다에 푹 빠져 울고 싶었다.

요리는 행위예술

내 몸뚱이만큼 커다란 여행용 가방을 끌고 등에는 배낭을 짊어지고 찾아간 시카고의 피터슨 가와 만나는 월콧 애비뉴! 유학하는 동안 살게 될 나의 첫 아파트가 있는 곳이다.

삼층 건물에 방 한 개짜리와 방 두 개짜리 여섯 세대가 살고 있는 아파트다. 나는 북쪽으로 향한 삼층 방에, 주인인 폴란드 할아버지는 동쪽으로 향한 삼층 방에 산다. 요리가 취미인 할아버지는 할머니가 폴란드에 가고 집을 비우면 신이 나서 요리를 한다. 할머니는 남자가 요리하는 것을 끔찍하게 싫어한다고 한다. 그래서 할머니가 안 계신 틈을 타서 비밀리에 유일한 취미생활을 즐긴다고 농담을 한다.

어느 무더운 여름날 할아버지는 셔츠도 입지 않은 맨몸에 앞치마를 걸치고 손수 팬케이크를 구워서 내게 건네며, 요리는 자연의 이치를 품고 있는 성스러운 행위예술이라고 장황하게 설명한다. 요리에는 삶의 애환과 지혜가 담겨 있다면서 싱글벙

글 입을 다물지 못하고 요리 자랑이다. 좋아하는 것을 마음껏 즐기지 못하는 할아버지의 아픈 마음이 짙게 전해온다. 언젠가 할아버지의 행위예술이 스트레스를 가미하지 않고 자유롭게 펼쳐질 날이 오기를 바란다.

할아버지는 나치 독일의 폴란드 침략을 피해 난민 수용소에 머물다가 가까스로 미국으로 건너오게 되었다고 한다. 내가 감기에 걸릴 때마다 할아버지는 보드카를 들고 내 방문을 노크한다. 난민 수용소에 있을 때 감기에 걸리면 독한 위스키나 보드카가 최고의 명약이었다고 빙긋이 미소 지으며 말한다. 간신히 자유를 찾아 미국으로 이민 와서 학교 청소부로 일하면서도 이웃 사람들 집에 문제가 생기면 고쳐주러 다니며 하루 24시간을 일했다고 한다. 그렇게 밤낮으로 일한 결과 현재 여섯 세대가 살고 있는 삼층짜리 아파트를 새로 지었다고 한다.

대학원에서 학위를 받은 나는 공립학교에 취직했다. 이른 아침 출근하려고 자동차 시동을 걸 때마다 어김없이 할아버지의 삼층 방 창문 커튼이 열리고 잘 다녀오라며 말없이 손을 흔든다. 내가 일찍 귀가하는 날이면 할아버지는 기다렸다는 듯이 내 방으로 달려와서 하루 동안 아파트에서 일어난 일을 보고한다. 그분은 온종일 내가 오기를 기다린 것이다. 미국 사람 키 높이에 맞추어 제작된 싱크대가 너무 높다고 불평하자 다음 아파트를 지을 때는 꼭 내 키 높이에 맞추어서 지어주겠다고 약속

한다. 그리고선 두툼하고 긴 널빤지를 싱크대 앞에 놓아준다.

가난 때문에 학교 교육을 받지 못해 문맹이라는 할아버지는 친구에게 편지를 써야 할 때마다 내게 달려온다. 나는 할아버지가 친구에게 무슨 말을 하고 싶은지 물어본다. 그리고는 한국에 있는 내 친구에게 편지를 쓰듯이 할아버지 친구에게 편지를 쓴다. 다 쓴 편지 내용을 읽어주면 작가처럼 글을 잘쓴다며 마구 칭찬해준다. 나는 신이 나서 그분이 부탁할 때마다 마치 연애편지를 쓰듯 멋진 문장을 맘껏 뽑냈다. 나는 그분과 함께 하는 시간이 싫지 않았다. 그분도 나와 있는 시간이 좋은 모양이다.

하루는 내가 심한 탈수증세를 보이며 거의 실신할 지경이었다. 응급실로 가야만 했다. 참다못해 나는 할아버지에게 전화를 했다. 미국에서는 구급차를 부르면 많은 비용을 지불해야 하기 때문에 차를 부르지 못하고 걱정하자 새벽 4시인데도 할아버지는 아무런 말 없이 나를 태우고 병원으로 향했다. 나를 응급실에 눕혀놓고서도 곁을 떠나지 못하고 바라보고 있다가 마지못해 그곳을 떠났다. 180cm가 넘는 구부정한 그분의 뒷모습에 걱정의 그늘이 가득 드리워져 있다.

병원에서 퇴원해 집에 돌아오자 할아버지가 제안했다. 내가 항상 청소를 깨끗이 잘하고 집안에서 신발을 벗고 사는 모습이 너무 고맙다며 앞으로는 세입자를 전부 한국 사람으로 바꾸고 싶다고 한다. 새로운 세입자를 찾아줄 때마다 방 한 개짜리는 한 달 월세 보증금에 상당하는 700불을, 방 두 개짜리는 900불을 주겠다고 제안한다. 그 후 세입자를 찾아야 할 때마다 시카고 한인 신문에 일주일에 50불 하는 항목별 아파트 광고를 이용해서 쉽게 소개해주었다. 그때마다 뜻밖의 용돈이 생겼다. 새로운 세입자를 찾아주면서 버는 용돈은 더할 나위 없는 위안이며 보탬이 되었다. 할아버지는 내 미국 생활을 포근하게 감싸주고 함께해준 동반자였다.

새로운 만남, 소중한 인연! 인연은 불현듯 예고 없이 찾아온다. 나의 삶 속에서 언제 어디서 누구를 만날지 아무도 모른다. 그래서 삶은 경이로움과 도전으로 가득 찬 신세계다.

영어에 미쳤다

　나보다 세 살 많은 언니에게서 처음 배운 영어 공부! 이상하게도 따라 하려고 하면 혀가 꼬부라지고 입술도 붙였다 떼었다 해야 하는 그런 발음들이 마냥 신기했다. 영어를 처음 대했던 그 순간부터 영어를 잘하고 싶은 욕심과 영어로 말을 하며 사는 이국땅의 사람들에 대한 호기심을 억제할 수 없었다. 모든 것이 새롭고 신비로웠다. 알파벳을 깨우친 다음부터는 매일 교과서에 나온 단어와 간단한 문장을 쓰면서 외웠다. 세계 유명 관광지에 대한 사진을 스크랩했다. 여행 버킷리스트도 만들었다. 유명한 사람들이 말했던 명언도 암기했다. 철학서에 나온 심오한 문구도 옮겨 썼다. 그 글 속에 담긴 영어 단어를 기억하기 위해 백지 전체에 깨알같이 가득 써보기도 했다. 거의 하루도 거르지 않고 매일 다섯 개의 영어 단어를 수년 동안 쓰면서 암기했다. 어렸을 때부터 기억력이 좋지 않았던 내가 영어 단어를 암기하기 위한 나만의 비법이었다.

　이때부터 나는 미국 유학의 꿈을 꾸기 시작했고 세계를 무대 삼아 일하고 싶은 욕망이 생겼다. 언젠가는 배낭을 메고 세계를 향해 도전해보고 싶다는 희망의 씨앗도 심었다. '기문이는 영어 공부에 미쳤다.' 반기문 전 유엔 사무총장이 미친 사람처럼 열심히 영어 공부를 했다는 표현이다. 나도 영어 공부에 대한 열정과 환희로 거의 미쳤다. 미친 듯이 영어 공부를 했다. 남자와 사랑에 빠진 여자처럼 나는 영어와 깊은 사랑에 빠졌다. 나에게 영어는 내 미래를 비춰주는 찬란한 횃불 같았다.

대학을 졸업하고 입사한 첫 직장, 무역회사에서 나는 영문 서신 교환, 번역, 해외 거래처 관리 등을 맡았다. 모든 업무가 낯설기만 했던 나는 그동안 각 거래처마다 왕래했던 서신을 검토하고 단시일 내에 업무를 파악하기 위해 많은 시간을 보냈다. 근무 시간에 다 검토할 수 없으면 집으로 파일을 가져와서 밤새 읽고 중요 사안을 메모했다. 그렇게 노력한 덕분에 예상보다 빨리 맡은 업무에 익숙하게 되었다. 이후 나는 용감하게도 서툰 영어 실력으로 해외 바이어들에게 회사 제품을 소개하는 협상 테이블에도 앉았다. 근무한 지 일 년이 지나자 대학원에도 진학했다. 학비를 스스로 해결하면서 공부해야 했기 때문에 야간 대학원에 진학할 수밖에 없었다. 일주일에 두 번 회사의 양해를 구하고 학업을 계속하면서 주경야독의 치열한 삶을 펼쳤다. 그래도 영어를 계속 공부할 수 있다는 것이 무엇으로도 표현할 수 없을 만큼 벅차고 행복했다. 스스로 경제적인 모든 것들을 감당해야 했기 때문에 학부 때도, 대학원 때도 학자금 융자를 받아야만 했다. 그것으로도 모자라 두 번이나 휴학을 했다. 등록금을 마련하지 못하면 휴학하고, 등록금을 낼 만큼 돈이 모이면 다시 복학하기를 반복했다.

교육학 석사학위를 받던 날, 하얀 술이 달린 사각모와 하얀 후드가 눈에 띄는 검은색 가운을 나는 당당하게 걸쳤다. 세상을 다 얻은 것처럼 기뻤다. 마치 하늘을 날고 있는 기분이었다. 모든 세상이 나를 위해 존재하는 것만 같았다. 어려움에도 포기하지 않은 내 자신이 자랑스러웠다. 그러나 이것도 잠시 잠깐, 나는 다시 또 다른 도전, 미국 유학의 길을 향해 달렸다. 시간이 주어지는 한 영어 번역도 하고 주말이면 과외도 하면서 유학자금을 모을 수 있는 일은 무엇이든 했다. 일 년에 최소한 3천만 원에서 5천만 원이나 드는 미국 대학의 학비를 벌기 위해 숨 가쁘게 일했다. 만족한 점수를 얻기 위해 토플 시험도 여러 번 쳤다. 주로 미국 학생들이 대학원에 진학할 수 있는 자격을 테스트하는 시험이기 때문에 난이도가 매우 높은 종합시험도 쳤다. 그렇게 큰 꿈을 가슴에 품고 오랜 세월을 정신없이 일했다.

시간이 날 때마다 나는 미국문화원에 있는 도서관으로 갔다. 사설 유학원에 의뢰하면 쉽게 가고 싶은 대학을 찾아주겠지만 나는 그럴 만한 경제적 여유가 없었다. 그래서 미국문화원 도서관에서 일하는 미국인 사서에게 사정을 설명했다. 미국에서 공부할 대학을 선정하는 우선순위는 한국 학생이 없는 학교를 찾는 것이었다. 늦은 나이에 유학을 결정했기 때문에 한국 학생이 많으면 내 영어 실력은 더 이상 진전될 수 없다는 판단이었다. 미국인 사서 덕분에 시카고 근처 에번스턴에 있는 대학원에서 드디어 입학 허가서를 받았다.

오랜 꿈이 현실로 이루어진 순간이었다. 가슴이 벅찼다. 삶은 끊임없는 도전이다. 도전을 포기했을 때 꿈도 사라진다. 도전을 향한 열정과 노력과 성실하게 보낸 시간만이 그 꿈을 이루게 한다.

한 번 멘토는 평생 멘토

석사학위 과정이 시작되기 전에 나는 일리노이주의 스코키에 있는 커뮤니티 칼리지(지역 전문대학)에서 무료 영어회화 강의와 영어 강독을 수강했다. 강독을 맡은 게일 밀러 교수님은 첫 만남부터 내게 많은 관심을 보였다. 수업 시간 후에도 따로 불러 유학 생활에 어려움이 없는지 물어보고 도움이 필요하면 언제든 부탁하라고 한다. 오랫동안 이 대학에서 강의하면서 도움이 필요한 외국 학생들에게 나름대로 재능기부를 하고 있다고 한다.

커뮤니티 칼리지에서 약 3개월의 어학연수를 마친 후에 에번스턴 소재 교육대학원에 진학했다. 전공과목을 이수하면서 많은 연구 과제를 제출해야 할 때도 밀러 교수님은 필요한 자료와 정보도 알려주고 미국 학생들과의 경쟁에서 살아남을 수 있는 지혜도 알려주었다. 내 전공과 관련된 학회도 소개해주고 태국 레스토랑에서 식사를 하며 담소를 즐기기도 했다. 가끔은 자신의 집으로 초대해서 다과를 대접해주기도 했다. 밀러 교수님의 집 지하실은 마치 영어 전문 도서관 같았다. 영어를 제2 외국어로 배우는 외국인들을 위한 교재로 가득했다. 한국으로 이사 올 때 밀러 교수님 덕분에 내 이삿짐은 80박스 영어 교수법, 영어 문법, 영어회화 관련 책과 입던 옷가지가 전부였다. 오랜 미국 생활을 접고 다시 고국으로 돌아온 내 이삿짐을 확인하던 세관원이 미국에서 온 이삿짐이 맞느냐며 몇 번이고 물었던 기억이 난다. 내 이삿짐에는 그 흔한 전자 제품 하나 없었기 때문이다. 밀러 교수님의 지하 도서관에 있던 그 영어 교재 대부분이 지금은 내 서재에 꽂혀 있다.

무사히 학위 과정을 마치고 학위식을 하던 날 나는 밀러 교수님께 감사패를 선물했다. 간단한 선물에 교수님은 오랜 재직 생활 중에 받은 최고의 선물이라면서 감동했다. 지금도 그 감사패를 집안에서 가장 잘 보이는 곳에 올려놓고 보면서 나를 늘 생각한다고 한다. 한국의 대학에서 영어를 가르치면서 밀러 교수님이 전수해준 교수법을 그대로 반영하고 있다고 말씀드리자 본인은 은퇴했어도 자신만의 독특한 교수법이 나를 통해 계속 빛을 발하고 있다고 자랑스러워한다. 밀러 교수님은 훌륭한 스승이란 단지 지식만을 가르치는 지식 전달자가 되어서는 안 된다고 조언한다. 스승은 학생들에게 삶의 지혜를 길러주는 존재여야 한다고 말한다. 참다운 스승이란 열정과 애정으로 학생들의 꿈과 희망을 응원해주며 바람직한 인성을 갖도록 이끌어주는 사람이라고 늘 강조한다.

영국의 수학자이며 철학자 알프레드 노스 화이트헤드는 "평범한 교사는 그냥 가르칠 뿐이고, 좋은 선생은 잘 설명하여 가르치고, 훌륭한 선생은 모범을 보이고, 위대한 스승은 학생들에게 영감을 준다."고 했다. 이것이 밀러 교수님의 핵심 교수법이다.

한때 내가 가르쳤던 심화 과정 학생들은 낮에는 직장에서 일하고 야간에 공부하는 학생들이다. 주경야독하는 대부분의 학생들은 여러 가지 개인 사정으로 배움을 접어야 했던 아픔이 있다. 취직 후 스스로 수업료를 마련할 수 있게 되자 잠시 접었던 공부를 다시 시작한 학생들이다. 이런 학생들의 배움에 대한 열정과 노력은 보통 학생들과는 많이 다르다. 마지막 수업이 밤 10시가 넘어 끝나는데도 어느 학생도 졸거나 힘들어하지 않는다. 그런 학생들을 가르치는 나도 신이 나서 미국에서 배우고 경험했던 모든 것을 쏟아부었다.

나는 학생들이 수업을 통해 잠시라도 삶을 돌아보고 현재를 직시하며 미래를 꿈꿀 수 있는, 인생 수업을 하고 싶었다. 주입식 교육보다는 학생들이 함께 참여하며 토론할 수 있는 그런 수업을 하고 싶었다. 그래서 내 수업은 학생들을 가르치려고 하는 수업이 아니라 배우고 경험한 것을 나누면서 학생들의 의견을 도출해내는 수업이었다. 학생들 내면에 깊이 숨어 있는 잠재력과 재능을 비춰주는 등대 역할을 하는 스승이고 싶었다.

스승은 인생이라는 여정의 길잡이가 되어주는 등대가 되어야 한다고 생각했다.

훌륭한 스승은 훌륭한 학생이 만든다. 한 사람의 스승에게 내재된 지식과 지혜를 끌어내는 것은 학생의 몫이다. 스승이 학생들에게 줄 수 있는 것은 자신이 배운 학식과 지식이다. 그러나 그 학식을 뛰어넘어 스승이 겪은 인생의 경험과 지혜를 공유할 수 있게 하는 것은 학생들의 몫이다. 심화 과정 학생들은 내가 경험한 모든 지식과 지혜를 아낌없이 꺼낼 수 있도록 온 열정을 보여준 학생들이었다. 늘 50분의 수업 시간이 모자랐다. 나누고 또 나누어도 더 나누고 싶은 경험이 너무도 많았다. 나는 혼신의 힘을 다해 경험한 모든 것을 불태웠다.

학생들은 마르지 않을 것 같은 내 경험의 샘물에 마음껏 목을 축였다. 가르치는 나도 신났고 가르침을 받는 학생들도 신났다. 그런 학생들의 열의와 참여 덕분에 나는 그 해에 강의 평가 베스트 티처 상(賞)의 영예를 안게 되었다. 게일 밀러 교수님의 교육 철학이 고스란히 내 수업에 반영된 증거이다. 훌륭한 스승은 촛불과 같다고 한다. 촛불은 스스로를 불태워 남을 위해 불을 밝힌다. 훌륭한 스승은 자신의 지식과 경험을 불태워 학생들의 꿈과 희망을 밝혀주는 등대가 되어야 한다.

생각만 해도 마음이 따뜻해지고 그분의 품 안에 안기고 싶은 게일 밀러 교수님! 밀러 교수님은 나의 지혜로운 스승, 내 인생의 영원한 멘토이다. 그분의 배려와 사랑은 나를 통해 한국의 대학 강단에서 새롭게 탄생했다. 나는 한 사람의 소중한 사랑과 배려로 피어난 한 송이 꽃이 되었다. 나는 그분의 사랑을 먹고 자란 한 그루 나무가 되었다.

오늘도 나는, 그 꽃향기를 머금고 내 나무 아래 쉴 수 있는 누군가를 위해 주어진 하루를 열심히 살아낸다.

청심환의 깨달음

유료 기초 어학 강의를 수강할 경제적 여유가 없었던 나는 단기간 무료 어학 강의를 마친 후 정규 대학원 과정에 곧바로 수강신청을 했다. 거의 모든 수업을 학생들이 연구하여 발표하는 방식으로 진행되는 미국 대학원의 강의에 익숙하지 않았던 나는 다른 학생들보다 몇 배의 노력을 하지 않으면 안 되었다. 매 시간마다 강의 내용을 녹음하여 이해할 수 있을 때까지 귀가 짓무르도록 반복하여 듣곤 했다. 그렇게 해도 처음 접한 많은 교육학 전문용어를 분명하게 이해할 수 없었다. 이러한 상황에서 40분 동안 연구한 내용을 발표해야 할 과제가 나에게 주어졌다. 아무리 자료를 많이 수집하고 연습을 해도 발표에 대한 불안감을 떨쳐버릴 수 없었다. 우리말로 발표를 해도 어려울진대 미국 학생들 앞에서 그것도 영어로 발표를 해야 한다는 것은 엄청난 부담이었다. 그때만 해도 나는 무대 공포증을 가진 사람이었다.

며칠을 고민한 끝에 발표하는 날 마음을 진정시키기 위해 청심환을 먹기로 했다. 내 발표시간 한 시간 전쯤 청심환 한 알을 먹었다. 그러나 약효가 빨리 나타나지 않았다. 내 차례가 되자 너무 긴장한 나머지 숨이 막힐 것 같았다. 가슴이 두근거리고 다리가 후들거려서 쓰러질 것만 같았다. 일제히 나만 쳐다보고 있는 학생들의 모습이 하나도 보이지 않았다. 그런데 발표를 시작한 지 십 분쯤 지나자 마음이 서서히 진정되기 시작했다. 긴장이 풀어지자 자신감이 샘솟아 멋진 강의를 선사할 수 있었다. 영어로 40분간의 강의를 완벽하게 마무리한 것이다. 청심환 덕분에 긴 시간의 발표를 성공적으로 마친 것이 마냥 뿌듯했다.

집에 돌아오자 긴장한 탓인지 속이 답답하고 불편했다. 그래서 평소 가지고 다니던 청심환과 거의 흡사한 한약 소화제를 먹으려고 찾아보았지만 보이지 않았다. 한참을 샅샅이 찾다가 가방 속에 소화제 대신 청심환이 있는 것을 보았다. 그 순간 뒤통수를 얻어맞은 것처럼 큰 충격을 받았다. 아니 충격이라기보다는 오히려 감동과 깨달음의 순간이었다. 그러니까 내가 발표할 때 먹은 것은 청심환이 아니라 소화제였던 것이다. 소화제를 먹고서 청심환을 먹었다고 생각했기 때문에 떨지 않고 무사히 발표를 마쳤던 것이다. 그때서야 나는 마음에 따라 몸이 반응한다는 성스러운 진리를 깨달았다. 한 생각을 바꾸면 모든 것에서 자유로워진다는 불변의 진리를 깨달은 것이다. 결국 자기 안에서 일어나는 감정, 분노, 슬픔, 두려움, 불안, 그리움 또

한 내가 만들어낸 생각임을 알게 되었다. 마음 한순간에 천국과 지옥이 존재한다. 그날 이후 나는 그 해프닝을 '청심환의 깨달음'이라고 이름 지었다.

청심환의 깨달음을 계기로 나는 모든 욕망과 집착에 묶인 내 마음의 감옥에서 자유로워지고 싶었다. 주위의 어떤 상황에도 흔들리지 않는 강하고 확고한 마음을 가진 나이고 싶었다. 누구 앞에서도 당당함을 지닌 내가 되고 싶었다. 그래서 생각이라는 허상에 눈이 가려진 나를 버리고 깊이 내재되어 있는 참 나의 모습을 찾아 마음 여행을 나섰다.

진정한 자유인의 길을 찾고자 과거와 현재와 미래를 넘나들며, 혼자 아픔을 겪지 않으면 넘어설 수 없는 나와의 심오한 대화, 마음 여행은 내면을 향해 깊숙이 들어가는 묵언의 발걸음이다. 결코 누구와도 함께 할 수 없는 혼자만의 홀가분한 마음 여행을 나는 떠났다. 그 길의 끝에 선 자유로운 나를 상상하면서….

너는 유일한 내 가족이니까

초등수학 교육을 위해 평생을 바친 닥터 롤라 메이와 나는 크로아일랜드 공립학교에서 수학 교재를 함께 만들었다. 그분은 미국은 물론 독일, 프랑스, 영국에서도 수학 교육계의 대모로 명성이 높은 분이었다. 닥터 메이는 명성과 부귀영화를 누리고 있는 분이지만 성격이 괴팍하기 이를 데 없다. 교육감도 교장 선생님도 닥터 메이 앞에서는 만사 '예스'다. 성질이 급해서 자기 마음대로 되지 않으면 누구에게든 소리를 지르고 화를 내기 때문이다. 그래서 아무도 그분 곁에 가까이 있기를 원하지 않는다. 언제 불똥이 튈지 모르기 때문이다. 하지만 그분은 나를 항상 수행비서처럼 데리고 다니며 무엇인가 못마땅할 때마다 맘껏 성질을 부렸다. 그래도 그분을 이해했다. 마음은 소녀처럼 순수하고 직선적이긴 하지만 결코 위선적이지 않기 때문이다.

어느 여름방학 때, 닥터 메이가 해외 크루즈 여행을 하던 중에 갑자기 배가 암초에 부딪혀 오른쪽 팔이 부러졌다. 그때부터 나는 그분의 수족이 되어드렸다. 시간이 가능할 때마다 자동차 운전은 물론 은행 관련 일, 병원 가는 일, 쇼핑 등 모든 일을 대신해주고 있을 때였다. 어느 날, 학교에서 닥터 메이가 애타게 나를 찾았는데 때마침 나는 교육청에 일을 보러 가고 없었다. 그것을 알지 못한 닥터 메이는 화가 머리끝까지 나서 교육청에서 막 돌아온 나를 보자마자 고래고래 소리를 질러댔다. 이유도 모르고 당한 나는 더 이상 참을 수가 없었다. 다른 선생님들이 보고 있는 앞에서 나도 똑같이 소리를 지르며 화낸 이유를 물었다. 그리고 더 이상 당신 같은 사람은 도와줄 수 없다고 강력하게 경고했다.

다음 날부터 닥터 메이는 아무 말도 하지 못하고 내 눈치만 살핀다. 내가 화난 것을 풀어주려고 서투른 말투로 농담도 한다. 그러더니 이렇게 말했다.

"너는 유일한 내 가족이잖아! 너는 유일한 내 가족이니까 성질을 부린 거야. 가족한테 화를 못 내면 누구한테 화를 내겠어? 가족인 네가 이해해주지 못하면 아무도 나를 이해해주지 않을 거야!"

나는 마음속으로 그런 가족은 되고 싶지 않다고 반박했다. 그러나 그렇게 말하지 못했다. 내 눈치만 보는 그분이 안쓰러웠다. 차라리 소리 지르고 화내는 그분의 모습이 더 정감이 갔고 그분다웠다. 우리는 이렇게 때로는 가족이라는 이유로 상처를 주고 상처를 받기도 한다.

부러진 팔이 회복되어 일 년의 수행비서 역할이 끝났을 때, 닥터 메이는 나에게 워킹 크레딧 카드(걸어 다니는 신용카드)라는 별명을 붙여주었다. 그분이 거래하는 은행에서조차도 나를 믿고 현금을 인출해주었고 일 년 동안 단 한 번도 그분과의 약속 시간을 어긴 적이 없었기 때문이다. 나는 그 별명이 싫지 않았다. 그것은 신뢰의 아이콘이니까!

낚시 면허

한국에서 여행 온 부모님을 모시고 자동차로 나이아가라 폭포를 여행하고 돌아오는 길이었다. 중간 휴게소에서 점심을 먹고 가면 시카고 집까지 족히 열 시간은 걸리는 거리다. 장거리를 계속 여행하면 두 분이 너무 힘들어하실 것 같아 오하이오주 콜럼버스에 있는 주립공원에서 하룻밤을 쉬어 가기로 결정했다. 나이아가라 폭포에서부터 몇 시간을 달려서 콜럼버스에 도착했다. 안타깝게도 그때가 여행 성수기여서 주립공원 내에는 빈방이 없었다. 공원의 직원인 리사가 친절하게 상황 설명을 해주면서 근처 몇 군데 숙소를 소개해준다. 내가 이곳 지리를 잘 몰라서 소개해준 숙소를 찾아가기 힘들다고 말하자 자기 차를 따라오라고 한다.

리사는 자동차로 삼십 분도 더 걸리는 거리까지 우리를 안내해주었다. 덕분에 하룻밤 묵을 숙소를 정할 수 있었다. 감사의 인사를 전하면서 리사에게 부모님을 모시고 공원에서 산책하면서 연못에서 낚시도 하고 싶다고 말했다. 미국에서는 한 번이라도 낚시를 하려면 레저용 낚시 면허증을 사야 한다. 나는 리사에게 부모님을 위해 여행 중이라고 말했더니 나에게 효도 선물 하나를 주겠다고 한다. 마침 그날 리사가 공원 지킴이라고 하면서 마음껏 공원 산책도 하고 낚시도 즐기라고 허락해준다. 우리는 녹음 우거진 공원을 거닐며 낚시도 하고 수영도 하면서 그날 오후를 한가롭게 즐겼다.

집으로 돌아와 콜럼버스 주립공원의 책임자인 주지사에게 감사의 편지를 썼다. 그날의 상황을 자세하게 적었다. 낚시 면허증을 사지 않은 것은 나의 잘못이지만 부모님께 효도할 수 있도록 상황에 따라 적절하게 융통성을 보여준 리사의 행동은 부하직원의 능력을 신뢰하며 그녀의 업무 관련 판단을 존중하고 권한을 부여한 서번트 리더십(인간 존중을 바탕으로 직원들의 업무 수행 잠재력을 최대한 발휘할 수 있도록 권한을 준 리더십)의 중요한 본보기라고 설명했다. 친절하고 배려심 깊은, 능력 있는 직원을 둔 것은 오하이오주는 물론 주지사에게도 큰 자랑이라고 칭찬했다. 포상의 기회가 주어진다면 그 직원에게 영광이 돌아가기를 바란다고 덧붙였다. 그리고 편지를 복사해서 리사에게도 보냈다.

편지를 보낸 후 열흘쯤 지나서 주지사 비서로부터 감사의 편지를 받았다. 고마움을 잊지 않고 실제로 겪은 상황을 편지로 알려준 나 같은 시민은 미국의 자랑이며 자부심이라고 칭찬을 아끼지 않았다. 리사에게서도 답장이 왔다. 작은 배려를 큰 기쁨으로 안겨준 나에게 감사하다고 써 있었다. 리사는 내게 친절을 몸소 실천해준 착한 사마리아인이었다. 우리의 여행을 훨씬 특별하고 오래 기억될 추억으로 만들어준 리사는 꽃보다 아름다운 사람이었다. 어딘가 주립공원을 여행할 때면 나는 습관처럼 한 여자를 떠올리게 된다.

기쁨은 나누면 두 배가 된다고 한다. 누군가 낯선 사람에게 도움을 받고 아무런 행동을 취하지 않아도 달라질 것은 아무것도 없다. 그러나 귀찮더라도 도움에 대한 감사의 표현을 전한다면 누군가에게 큰 보람의 파문으로 전해진다. 아름다운 향기가 소리 없이 퍼져나가듯 아름다운 마음은 행복으로 퍼진다.

샌드위치 먹어줄래?

크로아일랜드 초등학교에서 청소부로 일하는 멕시코 친구 산티아고가 있다. 그의 사무실이 바로 내 옆방이어서 우리는 많은 것을 함께 나누었다. 문 닫아놓기를 좋아하지 않은 나는 항상 문을 열어두었다. 그럴 때마다 산티아고는 문을 닫아주곤 한다. 나는 다시 열어둔다. 그러면 어느새인가 다시 문을 닫는다. 그 이유는 전임자가 문 열어두는 것을 싫어해서 늘 닫아주었다고 한다. 여름이면 산티아고는 에어컨이 없는 방에서 40도에 가까운 찜통더위를 견뎌야 했다. 나는 그에게 에어컨이 설치된 시원한 내 공간을 항상 개방해서 아무 때든 들어와 땀을 식히게 했다. 교육청에 업무 관련 편지를 보내야 할 때도 영어를 잘 쓰지 못하는 그를 위해 대신 편지를 써주었다.

가난 때문에 열 살이 되던 나이에 학업을 중단하고 옷 한 벌 입은 채로 멕시코에서 국경을 몰래 넘어 미국 땅에 들어온 사람이다. 산티아고는 가난과 멸시와 인종 차별 속에서 모든 것을 견뎌내며 끝까지 살아남아야 했다. 그래서 온몸을 바쳐

학교 일에 최선을 다한 결과 당당하게 자유로운 미국 시민이 되었다. 그는 가난의 한계를 뛰어넘은 한 인간의 위대한 승리의 모델이었다.

　크로아일랜드 학교가 소속된 위네카 학군은 주로 대저택을 소유한 부유층들이 사는 곳이다. 초·중학교 이천오백 명이 넘는 학생 중에 흑인 학생은 한 사람도 없었고, 학부모의 70~80%가 석사, 박사 학위를 가진 백인우월주의가 팽배한 곳이었다. 그런 환경 속에서 청소부인 멕시코인이 견뎌냈어야 할 문화적인 충격과 아픔은 말하지 않아도 이해할 수 있을 것 같다. 산티아고는 교직원 중에서 가장 먼저 출근하는 사람이다. 이른 아침 내가 학교에 도착하자마자 반가이 맞아주면서 말한다.

　"좋은 아침이야! 커피 준비됐어!"

　추운 겨울 아침, 그가 끓여놓은 향긋한 커피는 얼어붙은 내 마음을 녹여주곤 했다. 산티아고의 취미는 요리이다. 한국에 간다면 최고로 맛있는 토띠야 샌드위치 가게를 내고 싶다고 농담을 하기도 한다. 점심시간이면 가끔 흥에 겨워 콧노래를 부르며 치킨 샐러드와 토띠야 샌드위치를 만든다. 멋진 뷔페식 식탁을 차려놓고 수줍어하면서 조심스럽게 내게 묻는다.

"내가 토띠야 샌드위치를 만들었는데 먹어줄래?"

그의 물음은 '먹어줄래'였다. 아무도 멕시코인 청소부가 만들어준 음식 먹기를 원하지 않았던 것이다. 또 미국인들은 건강상 이유로 음식을 공유한다거나 다른 사람이 만든 음식을 먹는 것을 꺼려한다. 여러가지 성인병을 가진 사람들이 많기 때문이다. 그러나 나는 늘 산티아고의 음식을 맛있게 먹어주었다. 점심 한 끼를 성대한 식탁으로 바꿔놓고 나를 설레게 했던 산티아고는 세상에서 가장 마음 따뜻한 요리사였다. 정성 들여 만든 음식을 아무런 편견 없이 맛있게 먹어주는 것, 그것은 그에게 따뜻한 위로였다.

영원히 잊지 못할 나의 요리사! 아디오스(스페인어로 작별 인사), 산티아고!

스위트룸의 호사

호텔 예약을 하거나 혹은 관공서나 관련 회사 직원과 통화를 할 때마다 내가 늘 하는 습관이 있다. 그것은 통화한 날짜와 시간과 상대방 이름 등을 기록해두는 것이다. 어느 여름날 한국에서 한 부부가 우리 집에서 휴가를 보내기로 했다. 나는 그분들을 위해 그랜드캐니언 여행을 계획했다. 여행하기 6개월 전에 그랜드캐니언 국립공원 내에 있는 호텔을 예약하고 통화한 날짜와 시간과 확인번호와 담당 직원의 이름을 적어두었다. 여름철은 그랜드캐니언의 최고 성수기이기 때문에 호텔을 구하기가 힘들어 한참 전에 예약을 한 것이다. 우리는 국립공원 안에 있는 호텔에 머물면서 그랜드캐니언의 황홀한 일몰과 대협곡의 장관과 여명에 밝아오는 태고의 신비를 보고 싶었다.

6개월에 걸쳐 나는 시카고에서 그랜드캐니언까지 자동차로 여행할 준비를 했다. 중간에 구경할 여행지를 결정하고 숙박시설을 예약하고, 구급 약품, 간단한 음식 등의 목록을 적어두었다. 드디어 한국에서 손님이 도착하고 하루를 푹 쉰 다음

날 이른 새벽 여행을 떠났다. 거의 열흘 만에 그랜드캐니언 국립공원에 있는 호텔에 도착했다. 그때 시간이 거의 밤 7시가 다 되었다.

호텔 프런트 데스크에서 숙박 등록을 하려고 하자 내 이름으로 예약된 객실이 없다고 한다. 순간 눈앞이 캄캄해지면서 아찔했다. 그때가 최고 성수기였기 때문에 여기서 방을 구하지 못하면 어쩌면 우리는 하룻밤을 한데에서 지내야 할지도 모르는 상황이었다. 나는 예약 확인번호를 주면서 몇 번을 확인했지만 담당 직원은 계속 예약된 객실이 없다는 말만 되풀이했다. 결국 객실 담당 지배인을 불러달라고 요청했다. 지배인이 오자 예약한 날짜와 시간과 통화한 여직원의 이름을 주면서 당일 근무했던 직원을 확인해달라고 강력히 요구했다. 확인 결과 예약 담당 직원이 내 예약을 입력한 후에 컴퓨터의 확인 버튼을 누르지 않아 예약되지 않은 상태가 되었음이 밝혀졌다.

그날 밤 호텔에는 빈 객실이 하나도 없었다. 이미 객실이 완전히 예약되어버린 상태였다. 그러나 유일하게 남아 있는 방, 스위트룸(가장 비싼 고급 객실)이 있었다. 지배인은 정중히 사과하며 죄송한 마음을 대신하여 스위트룸에서 하룻밤을 묵을 수 있는 특권을 주겠다고 한다. 신혼여행 할 때나 호사를 누릴 수 있다는 스위트룸! 내 인생에 이런 행운의 날도 있었다. 격조 높은 응접실, 대리석 욕실, 두 개의 침실! 우린 쾌적한 공간에서 맘껏 휴식을 누렸다.

　다음 날, 퇴실을 하려고 프런트 데스크에 갔는데 유료채
널 시청료 40불이 부가되었다. 이유를 묻자 지난밤에 우리 객
실에서 유료 텔레비전 시청을 했다는 것이다. 한국에서 온 손
님이 리모컨으로 채널을 돌리다가 유료시청을 원하느냐는 영
어 물음에 무심코 예스를 누른 것이다. 그리고는 다른 채널로
돌렸지만 계속 유료방송이 나갔던 것이다. 실제로 유료방송을
보지도 않고 시청료를 낸다는 것은 합당한 일이 아니었다. 물
론 리모컨을 작동한 사람의 잘못도 있었지만 그랜드캐니언 국
립공원은 세계적으로 유명한 관광 명소였다. 특히 그곳은 수많
은 한국 사람들이 여행하는 곳이기도 했다. 그런데도 객실 내
에 우리말로 된 설명이 한 곳에도 없었다. 나는 그 이유를 들어
유료 시청료를 낼 수 없다고 설명했다. 내 설명이 타당했는지
호텔 직원은 40불을 부가하지 않았다.

　이유가 타당하고 근거가 분명하면 선처의 여지가 있는 사
회, 그런 곳이 선진사회이며 신용사회다.

허리춤을 내준 시카고 남자

'시카고'의 어원은 '야생 양파'라는 아메리카 원주민의 단어를 프랑스 말로 음차한 것이라고 한다. 미국에서 두세 번째로 큰 도시로 뉴욕 못지않게 하늘을 찌를 듯이 솟은 마천루의 박물관이며 '바람의 도시'라는 별명을 가지고 있다. 시카고 도심의 남쪽에서 레이크 쇼어 드라이브를 타고 북쪽으로 올라가면 바다처럼 드넓은 미시간호에 인접한 시카고의 장엄한 스카이라인을 한눈에 볼 수 있다.

시카고의 겨울은 지루하게 길다. 11월부터 시작하여 4월까지 많은 눈이 내리기도 한다. 그래서 사람들은 자동차 안에 항상 삽을 싣고 다닌다. 골목길에 눈이 쌓이면 삽으로 눈을 치우고 빠져나가야 하기 때문이다. 폭설이 내리는 날이면 무릎 높이보다 더 쌓여서 길거리에 주차해둔 차를 찾기 어려울 정도다. 추운 날 콧물이 흐르기라도 하면 바로 얼어 붙어버리기 일쑤여서 추위에 약한 내겐 한랭 지옥이다. 그래도 겨울의 끝자락쯤에 하얀 눈 속에서 피어난 노란 수선화는 아름다움과 순수함의 극치를 이룬다.

　　온 세상을 집어삼켜 버릴 듯이 강풍이 부는 날이면 습관처럼 시카고의 거센 바람이 생각난다. 과목당 수강료가 비싼 대학원 공부를 하면서 조금이라도 학비를 줄이고자 나는 시카고 다운타운에서 개설한 오프 캠퍼스 강의(해당 대학교 이외에서 개설된 강의)를 신청했다. 바람이 몹시도 몰아치던 어느 겨울날, 고가철도 루프를 타고 도심에 있는 학교로 가는 날이었다. 미시간 호수에서 고층 빌딩 사이로 불어오는 바람의 강도는 달리는 자동차도 날려버릴 만큼 강력했다. 그래서인지 시카고에는 거의 간판이 없다. 미시간 애비뉴 인도에는 작은 회오리바람이 만들어지면서 나뭇잎과 휴지조각이 하늘로 솟구쳐 올라가고 있었다. 혹독한 겨울 바람이 매섭게 몰아치고 있었다. 체감온도 영하 30도. 루프에서 내려 강의실을 향해 발걸음을 재촉했지만 앞으로 걸어갈 수가 없었다. 바람이 어찌나 세던지 내 몸이 자꾸 뒤로 밀리고 있었다. 거센 바람 때문에 눈도 뜰 수 없었고 숨도 제대로 쉴 수 없었다. 그때 체격이 건장한 미국인 남자가 내게 다가와 자기 허리띠를 꽉 붙잡고 따라오라고 한다. 작은 동양인 여자가 앞으로 걸어가지 못하고 자꾸 뒷걸음치며 안간힘을 쓰고 있는 모습이 안타까웠던 것이다.

　　나는 그의 등 뒤에서 허리춤을 손으로 붙잡고 바람을 헤치며 목적지까지 무사히 도착할 수 있었다. 크고 건장한 서양 남자의 허리띠를 부여잡고 그의 넓은 등을 바람막이 삼아 따라가는 동안 내 마음속엔 왠지 모를 서글픔이 일렁였다. 이 세상을 살아가면서 그 어떤 세파에도, 아무리 거센 바람에도 흔들리지 않는 한 그루 나무 되어 살고 싶은데 세상의 바람은 나를 비껴가지 않는다. 사사로운 감정에도 얽매이지 않고, 잠시 왔다가는 사랑에도 마음 다치지 않고, 아파도 흔적 없이 참아낼 수 있다면 내가 살아가야 할 이 세상은 얼마나 잔잔할까?

바람의 도시 시카고! 지금도 거센 바람은 그 도시를 휩쓸고 있을 것이다. 아무리 높은 풍랑이 덮쳐도 그 세찬 풍파를 뚫고 무사히 목적지에 도달할 수 있도록 아무 사심 없이 허리춤을 내어주는 그런 넉넉한 사람이 몹시도 그리운 날이다.

나보다 나이 많은 아들

시카고 유학 시절에 비싼 학비를 감당할 수 없었던 나는 개인병원에서 접수 직원으로 일을 시작했다. 시간당 8불을 받는 저임금 일자리였다. 내 업무는 전화로 환자 예약을 받고 큰 병원으로 가야 할 환자가 있으면 예약도 해주고 정밀 검사가 필요한 환자에게 검사 예약을 해주는 일이었다. 의학용어에 문외한이었던 나는 매일 환자가 없는 틈을 타서 원장 선생님께 개인 지도를 받았다.

청결하지 않은 것을 잘 참지 못하는 나는 많은 환자가 사용하는 화장실이 늘 마음에 걸렸다. 병원 업무가 끝난 후 매일 청소하는 사람이 오긴 하지만 반나절이 지나면 벌써 냄새가 난다. 그래서 나는 점심시간마다 화장실 청소를 하곤 했다. 원장 선생님은 그런 일까지 안 해도 된다고 극구 만류했지만 내 마음이 편하기 위해 한다고 말했다. 화장실 청소에 감동했는지 원장 선생님은 다른 의사들과 점심 식사를 마치고 항상 누런 종이봉투에 내 점심을 따로 챙겨왔다. 내가 그러지 마라고 말려도 계속 그렇게 했다. 말로는 말렸지만 점심까지 챙겨 들고 오는 그분의 따스한 마음이 이국 생활에 지친 내 마음에 큰 위안이 되었다.

일 년을 접수 직원으로 일하면서 의학용어 공부를 열심히 한 결과 메디칼 빌링이라는 의료보험회사에 의료비를 청구하는 일을 하게 되었다. 보험회사에 의료비를 청구하는 일은 굉장히 민감한 일이었다. 그만큼 하기 힘든 일 중의 하나였다. 질병 분류 번호가 하나라도 틀리거나 진료 번호와 검사 번호가 맞지 않아도 의료비가 거부되기 일쑤였다. 그래서 원장 선생님은 매년 열리는 전국의사학회에도 보내주고 의료 세미나에도 참석하게 해서 내 의료 영어 실력을 업데이트해주었다. 매년 바뀌는 의료비 청구 정책에도 뒤떨어지지 않도록 교육을 받았다.

그 이후 내 시급이 배로 인상되고 매년 상상을 초월할 만큼 많이 올랐다. 다른 소규모 병원에서 시급을 더 올려주겠다는 스카우트 제의도 받았다. 그 병원에 가서 인터뷰까지 하면서 잠시 솔깃했지만 원장 선생님과의 신의를 저버리지 않기로 했다. 그 당시만 해도 메디칼 빌링은 흔한 직업이 아니었기 때문에 작은 개인병원에서는 적임자 구하기가 쉽지 않은 실정이었다.

스페인어를 말하는 접수 직원 디그나와 함께 나는 한 명이라도 더 많은 환자를 병원 고객으로 만들기 위해 열심히 일했다. 공립학교에서 근무할 때도 학교 일을 마치자마자 다시 병원으로 가서 일을 했다. 주말에도 근무했다. 일을 다 끝내지 못하면 일요일에도 병원으로 가서 혼자 일을 마무리했다. 그러던 어느 해 오월 어머니날, 원장 선생님이 커다란 쇼핑백을 수줍게 건네주면서 넌지시 말했다.

"자식이 없어서 어머니날에 한 번도 선물을 받아보지 못했지요?"

감동의 순간이었다. 생명을 위협할 수준의 살인적인 시카고의 혹한에도 몸을 따뜻하게 감싸줄 수 있는 오리털 파카였다. 전혀 예기치 않은 감동적인 선물을 받은 내 마음이 환하게 빛났다. 힘들었던 이국 생활에 따스한 태양이 포근하게 감싸주는 순간이었다.

나보다 나이 많은 아들에게서 받은 깜짝 선물! 의미심장한 위로의 선물이다. 내 인생에 또다시 어머니날에 선물을 받아볼 수 있을까?

선데이 브런치

내가 살던 아파트에서 멀지 않은 피터슨 거리에 패스트푸드 레스토랑(햄버거, 치킨 등의 간이 식품 레스토랑)이 있다. 일요일이면 햄버거, 감자튀김, 음료수를 모두 포함해서 99센트에 선데이 브런치(일요일에 하는 아침 겸 점심 식사)를 한다. 가난한 서민들이 많이 살고 있는 그곳에는 일요일 아침 9시만 되면 브런치를 기다리는 사람들의 행렬이 끝이 없다. 나도 그 행렬 중의 한 사람이었다.

줄을 서서 주문을 하려고 기다리고 있는데 히스패닉(미국 내에 살면서 스페인어를 쓰는 라틴 아메리카 사람들) 여자가 앞의 주문자들에게 거친 목소리로 주문을 받고 있다. 드디어 내 차례가 왔다. 주문을 마쳤는데 그 여자가 아주 짧게 뭔가를 물었다. 그런데 알아듣지 못했다. 몇 번을 묻고 몇 번을 다시 말해주었지만 이해할 수 없었다. 점점 기분이 나빠지기 시작했다. 자존심이 심하게 상했다. 수년 동안 한국에서 영어 공부를 했는데 왜 알아듣지 못하는 것일까? 아직 미국 생활에 적응이 안 돼서 그런 것일까? 미국에 온 지 일 년도 채 안 되었기 때문일까? 주문을 주고받는 그 짧은 순간에 브런치를 먹어야 할지 취소하고 돌아가야 할지 마음이 걷잡을 수 없이 요동쳤다. 결국 햄버거 먹는 것을 포기하고 속상한 마음만 뱃속 가득 채우고 집으로 돌아왔다.

주문을 받던 히스패닉 여자가 묻던 말이 무엇이었을까, 다시 생각해보았다. 그제야 그 말이, "여기서 드실래요? 가져가서 드실래요?"(For here or to go?)였다는 것을 알게 되었다. 그런 간단한 영어조차 알아듣지 못한 내가 창피하고 화나고 속상했다. 그 후 죽을힘을 다해 영어 공부를 했다. 다니던 대학교의 학생 서비스센터에 가서 도움을 요청했다. 자원봉사 미국인 학생이 내 개인 영어 교사가 되어주었다. 그 학생은 거의 매일 내 영어 교습을 위해 시간을 내주었다. 집으로 배달해온 광고 용지도 빼놓지 않고 읽었다. 미국 생활에 필요한 영어라면 무엇이든 읽고 쓰고 외웠다. 그렇게 5년의 세월이 흐른 후 미국 현지에서 살아남을 수 있는 영어를 편하게 구사할 수 있었다. 그때부터는 우리말보다 영어가 먼저 튀어나왔다. 선데이 브런치 사건이 나를 바꾼 동기가 되었다. 사람은 변한다. 애벌레가 껍질을 벗듯이 어떤 상황을 깊이 깨달은 순간 사람은 변할 수 있다.

나는 지금도 그 패스트푸드 레스토랑의 햄버거를 먹지 않는다. 가난했던 유학 시절에 경험했던 아픈 기억 때문에! 그 기억은 단지 사라진 과거의 느낌일 뿐이며, 버리지 못하고 갇혀 있는 생각일 뿐인데 그런데도 그 기억 때문에 아직도 그 햄버거는 나에게 아픈 상처로 남아 있다. 아무리 많은 시간이 흐르고 또 흘러도 기억은 유효기간이 없는 듯하다. 그 경험은 지금도 어제 일어난 일처럼 생생하게 마음의 흔적으로 남아 있다.

하나밖에 없는 선물

사람의 삶은 그 사람의 내면에서 나오는 빛깔대로 삶의 방향이 정해진다. 사랑의 빛깔은 사랑을 낳고, 자비의 빛깔은 자비를 낳고, 불행의 빛깔은 불행을 낳는다.

시카고 개인병원에서 하루 여덟 시간 일을 하면서 공부하던 때, 코피 나게 일을 해도 학비를 감당할 수 없었고, 과제를 제출하기 위해 새벽 4시까지 영어 원서를 읽고 또 읽어도 끝이 없던 공부! 학자금 대출을 받아도 다음 학기 학비가 또 부족하고, 닥치는 대로 번역을 하고 책을 쓰고 그래도 늘 돈에 허덕이며 공부해야 했다.

버린 가구를 주워다 쓰고, 미국 친구들의 헌 옷을 받아 입고, 거의 모든 식료품은 가장 싼 알디(가격이 매우 저렴한 독일의 할인점 체인)에서 구입했다. 그래도 아무것도 부끄럽지 않았다. 오랜 유학의 꿈을 이룬 내가 대견하기만 했다. 마냥 행복했다.

다시 학생이 되어 미국 대학도서관에서 공부할 수 있는 것이 그 무엇과도 바꿀 수 없는 큰 행복이었다. 도서관에 앉아 통유리창 너머 짙은 녹색으로 우거진 나무들을 바라볼 수 있다는 것도 내겐 더할 나위 없는 행복이었다. 학교 구내식당에 내려가 먹고 싶은 것을 하나씩 쟁반에 담아서 호젓한 창가에 앉아 혼밥을 즐기는 것도 소소한 행복이었다. 미국 대학원에서 학생의 신분으로 공부할 수 있다는 것만 해도 가슴 벅찬 행운이었다.

학위를 받고 나의 첫 직장 위네카 학군에서 만난 닥터 롤라 메이! 초등수학 전문 박사님이다. 나는 박사님의 개인비서처럼 그분을 도와드렸다. 그분을 만난 첫해에 메이 할머니의 70회 생일에 드릴 선물을 고심하다가 그분이 36년 동안 매달 초등학교 수학 잡지에 기고했던 기사를 모으기 시작했다. 어떤 기사는 마이크로피시(정보 정리용 마이크로카드나 필름)에 저장되어 있고 어떤 기사는 워싱턴 국립도서관에 보관되어 있었다. 어떤 기사는 작은 도시의 시립도서관에 있었다. 나는 각각의 도서관에 편지를 보내 36년간의 거의 모든 기사를 모았다. 그런 후에 다시 타이핑을 하고 수학 도표를 그리고 재편집하면서 6개월의 시간이 걸렸다. 나는 400페이지가 넘는 한 권의 책으로 만들어 그분의 생일에 선물했다. 책 제목은 "롤라 메이 박사님의 초등수학 기사 선집"이었다. 첫 페이지에 그분의 교육에 대한 이념을 실었다.

롤라 메이 박사님의 신교육 문답

- 학생은 누구인가? 국가의 도구가 아닌 신의 아이
- 교사는 누구인가? 보호자가 아닌 안내자
- 교장은 누구인가? 교사들의 마스터가 아닌 가르침의 주체
- 배움이란 무엇인가? 목적지가 아닌 여정
- 발견이란 무엇인가? 질문에 대한 해답이 아닌 해답에 대한 의문
- 과정이란 무엇인가? 내용을 다루는 것이 아닌 아이디어의 발견
- 목표란 무엇인가? 닫힌 이슈가 아닌 열린 마음
- 시험이란 무엇인가? 기억하고 검토하는 것이 아닌 노력과 그 노력의 표출
- 학교란 무엇인가? 선택한 것이 무엇이든지 그것을 이루는 곳

세상에 하나밖에 없는 선물에 감동한 메이 박사님은 기쁨을 감추지 못했다. 이렇게 놀라운 선물은 칠십 평생에 처음이라며 눈물까지 흘렸다. 박사님은 50권을 더 만들어 달라고 부탁했다. 그분의 부탁대로 더 만들어드렸더니 메이 박사님은 그 책을 초등수학 학회나 그분의 강연이 열릴 때마다 필요한 사람들에게 판매해서 그 판매한 금액을 전부 나에게 주었다. 그리고는 세상에 하나밖에 없는 기적 같은 선물에 대한 대가를 지불하고 싶다며 그 많던 내 학자융자금을 모두 갚아주었다. 그

리고 조용히 말했다.

"너는 지금 내가 후원해준 학자융자금을 나에게 갚을 수 없을 거야. 그러나 언젠가 너처럼 공부하고 싶어도 경제적 사정이 여의치 않아 계속 공부할 수 없는 사람을 만나거든 나 대신 그 사람에게 꼭 갚아라."

젊은 날 나의 재정적 시름을 덜어주었던 내 인생의 후원자, 롤라 메이! 언젠가 그분과의 약속을 지킬 수 있는 내가 될 수 있기를 소망해본다. 한 사람의 인생은 한 사람의 따스한 배려로 바뀔 수 있다. 절망에서 희망으로! 어둠에서 빛으로!

청춘 할머니

어느 날 아파트에 잉꼬 한 마리가 날아 들어왔다. 밖으로 쫓아내려고 해보았지만 나가지 않고 자꾸 거실 안으로 도망쳤다. 결국 새장을 사서 아파트 발코니에 두고 기르기로 했다. 그 다음 날부터 이른 아침이면 청아한 새소리에 맑은 아침을 맞이했다. 가끔 파닥거리는 소리를 들으면 누구와 함께 살고 있다는 생동감이 들기도 했다. 잉꼬에게 먹이를 줄 때마다 아이에게 말하듯 대화를 했다. 그런데 어느 날 나에게 기쁨을 선사해 준 잉꼬 한 마리가 혼자인 것이 애처로워 보였다. 그래서 한 마리를 더 사서 새 가족을 만들어주었다.

늦은 가을까지 잉꼬 두 마리는 사랑하는 가족이 되었다. 아침이면 잉꼬부부의 사랑의 속삭임에 잠이 깨고 밤이면 잉꼬랑 잔디밭 위에서 반짝이는 반딧불이를 보면서 가족의 기쁨을 나누었다. 함께할 가족이 있다는 것은 참 푸근한 느낌이었다. 그런데 추운 겨울이 오자 아파트 발코니에서 잉꼬를 키울 수 없게 되었다. 시카고의 겨울은 너무 춥고 길기 때문이다. 그래서 단독주택에서 사는 멕시코 친구 디그나에게 잉꼬 두 마리를 주기로 했다. 디그나는 개인병원에서 나와 함께 일하는 친구였다. 온두라스 출신인데 열다섯 살에 시카고로 이민온 후 어린 나이에 멕시코 남자 카를로스와 결혼했다.

자동차 뒷좌석에 그 녀석들을 싣고 가는데 유난히 날개를 파닥거렸다. 마치 가고 싶지 않은 곳으로 가는 것처럼 요란하게 새장 속을 날아다녔다. 그런 녀석들을 바라보는 내 마음이 부모를 지게에 싣고 고려장 가는 자식의 마음과 흡사했다. 몇 달 동안 가족이 되어준 잉꼬부부를 비정하게 버리러 가는 꼴이 되어버렸다.

디그나 집에 도착하니 디그나 남편 카를로스가 조촐한 데킬라 파티를 준비하고 있다. 명분은 잉꼬부부를 위한 환영파티란다. 식탁에 데킬라 한 병, 라임 몇 조각과 소금과 작은 유리잔과 그 옆에 코발트 빛 장미꽃 세 송이가 놓여 있다. 카를로스는 데킬라 병을 치켜들고 멕시코에서 직접 사 온 최고급 술이라며 자랑을 늘어놓는다. 데킬라 마시는 시범을 보여준다면서 데킬라가 가득한 유리잔 가장자리를 라임 조각으로 묻힌 후 한 번에 한 잔을 다 비우고 손등에 소금을 조금 올려놓은 다음 혀로 핥으면서 따라 해보라고 한다. 살며시 윙크를 하면서 의기양양해서 하는 멕시코 남자의 시선이 나를 황홀하게 한다.

몇 개월 후 잉꼬를 키우던 디그나가 말했다. "너 청춘 할머니 되었단다." 잉꼬부부가 예쁜 새끼를 낳은 것이다.

젊은 나이에 들어본 할머니라는 말. 왠지 낯설었던 단어, 청춘 할머니! 초록 이파리가 무르익어 그윽한 단풍이 되듯이 청춘이 곱게 익어 숙성되면 내게도 언젠가는 아늑하고 편안한 노년의 시간이 감동의 물결로 다가올 것이다.

아름다운 미션

위네카에 있는 그릴리 공립학교에서 보조 교사로 일하던 때였다. 함께 일한 미술 선생님은 대장암, 위암, 췌장암으로 투병 중인 캐나다 분이었다. 그분에게 하루란 내가 살아야 할 남은 일생만큼이나 소중한 시간이었다.

캐나다에서 영어 선생님이었던 그분은 외국인인 나에게 자상한 영어 선생님이 되어주었다. 발음을 교정해주고 생활영어 표현도 알려준다. 선생님들과 아이들 사이에서 문화적 충격을 느끼지 않도록 항상 나를 배려해주기도 한다. 독특한 미국 문화도 설명해주고 초등학교 아이들의 학교생활이나 아동심리에 대해서도 많은 것을 알려준다.

학위를 받고 막 출근한 나는 우연히 교실 복도에서 동료 교사를 만나기라도 하면 무슨 말을 해야 할지 난감했다. 그래서 복도 끝에서 다른 교사가 나타나기라도 하면 그 상황을 모면하기 위해 얼른 다른 복도로 돌아가곤 했다. 그런 나에게 미술 선생님은 매일 뉴스를 보고 그날의 핫이슈가 무엇인지 관심을 가져야 한다고 조언한다. 친한 선생님들의 취미가 무엇인지, 옆 반 선생님이 좋아하는 것이 무엇인지 염두에 두라고 한다. 내가 맡고 있는 아이들에게도 예리한 눈으로 지켜봐야 한단다. 그런 것들이 일상 대화의 주제가 된다고 알려준다.

하루의 수업이 끝나고 나면 그분은 "내년에도 이 시간에, 이 자리에 있을 수 있을까?"라고 쓸쓸하게 혼잣말처럼 말하곤 한다. 삶의 끝을 향해 힘겨운 발걸음을 딛고 있는 그분을 가까이에서 지켜보면서 남은 하루하루를 보람되고 후회 없이 마무리할 수 있도록 그분 곁을 지켰다.

미술 선생님은 스물세 번의 수술을 받았다며 당신의 흉터 자국을 보여준다. 그분의 삶에 대한 간절한 염원과 처절한 투쟁의 흔적이 그 흉터에 고스란히 남아 있다. 암 치료를 받으면서 머리카락이 다 빠져서 처음에는 모자를 썼다고 한다. 지금은 대머리가 되어 가발을 쓰고 있다고 농담을 하면서 힘없이 웃는다. 그때 그분은 학교에 출근해서 몇 시간도 버티기 어려울 정도로 힘들어했다. 그래서 나는 매일 아침 이층 교실에서 그분이 출근하기를 내려다보면서 기다렸다. 차에서 내리는 그분을 보면 서둘러 일층으로 내려가 부축하여 모셔오곤 했다. 교실에 올라와 가쁜 숨을 고르면서, "여기가 바로 내가 있을 곳이야!"라고 말하면서 마지막 순간까지 교실에 남을 수 있는 간절한 소망을 담아내곤 했다.

따뜻한 녹차 한 잔을 건네주며 나는 그분의 등 뒤로 돌아가 축 처진 어깨를 살며시 감싸주었다. 내가 나를 안아주듯이! 어깨를 감싼 내 손을 살며시 잡아주는 그분의 손이 떨고 있는 듯했다. 이렇게 힘든 하루를 살아내고 있던 그분이 하루는 예쁜 스웨터와 보온병이 든 선물상자 하나를 주면서 힘없이 말했다.

"사람에게 미션(임무, 사명)이 있다는 것은 참 행복한 일이야. 참으로 오랜만에 미션을 가지고 즐거운 쇼핑을 했어."

이것이 미술 선생님이 이 세상에서 한 마지막 쇼핑이었다. 그분의 마지막 쇼핑은 고독한 아름다움으로 가득한 고귀한 미션이었다. 누군가에게 미션이 있다는 것은 살아야 할 힘이며 이유이다.

미시간 호수에 피어난 사랑

　진흙 속에 그윽한 아름다움으로 피어난 연꽃의 의미를 깨닫기까지 나에게는 상처로 얼룩진 사연 하나가 있다. 내 인생에서 흔적 없이 사라진 별 하나! 지난 수년 동안 그 사건을 떠올리는 것만으로도 목이 메고 눈물이 앞을 가려 꺼낼 수조차 없었다. 그러나 많은 세월이 지난 지금 내가 겪었던 그 사건은 내 인생에서 가장 소중한 선물이었음을 이제야, 이제야 깨닫는다.

　길지 않은 삶의 여정에 가장 큰 행사를 보름 앞둔 나는 이 세상 그 어떤 여자보다 행복한 나날을 보내고 있었다. 남은 인생의 동반자가 될 그 사람과 나는 에어컨도 난방도 필요 없는 남태평양의 아메리칸 사모아에 여름과 겨울을 쉴 수 있는 별장을 사려고 의논 중이었다. 몇 달 후면 그는 플로리다에 있는 의과대학으로 발령을 기다리고 있었다. 햇볕이 작열하는 여름날이면 우리는 미시간 호수로 나가곤 했다. 호수 위에 한가로이 요트를 띄워놓고 나는 흰 구름 뭉실뭉실 떠 있는 하늘 왕국의 여왕이 되었다.

일요일 아침이면 그는 은은한 커피 향으로 나를 깨워 호
숫가 레스토랑으로 데려갔다. 주중에는 삼 년 동안이나 요트를
타고 프랑스와 남태평양을 여행하던 중에 터득한 탁월한 요리
솜씨를 나를 위해 발휘하곤 했다. 요리를 전혀 할 줄 몰랐던 나
는 그를 만날 때마다 한 가지씩 요리를 배웠다. 합격하면 다음
요리를 배우고 또 합격하면 새로운 요리를 배웠다. 하루하루가
새롭고, 하루하루가 행복했다. 결혼을 앞둔 나는 이 세상 그 어
느 여인도 부럽지 않았다. 아무것도 바랄 것이 없었다. 더 이상
의 행복도 원하지 않았다. 더할 나위 없이 행복했다.

　그런데 이상하게도 마음 한구석이 자꾸 허전하고 텅 빈 듯
했다. 그 행복이 너무 소중하고 너무 절실하여 행여 잃어버리
지 않을까, 누군가 빼앗아가지 않을까 초조하고 불안했다. 왜
그런 마음이 드는지 알지 못했다. 그래서 모든 신들께 간절한
마음으로 기도했다. 행복한 마음이 커지면 커질수록 불안한 마
음 또한 커져만 갔다. 어쩌면 이 한 사람을 만나기 위해 나는
영겁의 세월을 기다렸는지도 모른다는 생각이 들었다. 그 사람
과 함께하는 이 세상이 가슴 시리도록 아름답고 따뜻하고 포근
했다. 그 사람과 함께라면 세상에서 두려운 것이 아무것도 없
었다. 그의 손을 잡고만 있어도 온 세상이 내 가슴에 안긴 것만
같았다. 너무도 편안하고 너무도 가슴이 벅차서 자꾸만 그 행
복이 날아가 버릴까 봐 불안했다.

행복에 푹 빠져 살고 있던 어느 날, 내가 근무하고 있던 초등학교로 전화 한 통이 걸려왔다. 목숨만큼이나 열렬하게 사랑했던 그 사람이 운전 도중 심장마비로 쓰러졌다는 전화였다. 그렇게 건장하던 사람이 심장마비라니, 내 귀를 의심하지 않을 수 없었다. 아니 믿고 싶지 않았다. 불과 몇 초 전만 해도 아름다움으로 가득했던 세상이 한순간 지옥으로 변했다. 모든 일을 제쳐두고 그에게 달려갔을 때 그는 이미 몸을 가누기도 힘든 상황이었다. 아픔 속에서도 그는 내 손을 잡으며 두려움에 떨고 있는 나를 위로했다. 멀쩡하다고 농담을 했다. 그를 내 차 옆 좌석에 태우고 응급실로 급히 달렸다. 그날 밤까지만 해도 그의 정신은 온전했다. 집으로 가려고 하는 나에게 그는 함께 있어달라고 간절한 눈빛을 보내며 애원했다. 그런데도 나는 그의 간청을 뿌리치고 다음 날 근무해야 한다는 어리석은 핑계를 대며 병원 문을 나섰다.

내일이면 회복될 수 있기를 간절히 바라면서 차를 주차해둔 곳으로 갔을 때 내 차가 그곳에 없었다. 밤 8시 이후에 폭설이 올 경우를 대비하여 주차가 금지된 곳에 주차를 한 것이다. 다음 날 새벽 견인된 곳으로 가서 차를 찾아 학교로 돌아가 일과를 마쳤다. 늦은 오후 다시 그 사람을 만났을 때 그의 정신은 이미 희미해지고 있었다. 애처롭게 나를 바라보는 그의 눈빛이 점점 생기를 잃어갔다. 그리고는 곧 혼수상태에 빠져 식물인간이 되어버렸다. 눈을 뜬 채로 안면 근육이 마비되자 양쪽 눈에 테이프를 붙여서 눈을 감겨놓았다. 양손에는 갖가지 주삿바늘이 꽂혔다. 80%의 호흡을 기계에 의존하며 최첨단 의료기기가 갖춰진 일인 중환자실에서의 하루가 시작되었다. 병원에서는 원래 보호자가 간호를 할 수 없었다. 그런데도 내가 너무도 애처롭게 매달리자 의료진들이 의자 겸용 간이침대를 가져다주었다.

처음에는 그 사람이 금방 깨어날 것이라는 희망을 버리지 않았다. 그러나 그것은 헛된 기대였다. 심장에 핏덩이가 파열되어 뇌 쪽으로 퍼졌고 신장 기능이 마비되어 하루걸러 혈액투석을 받아야 했다. 두 번째 혈액투석을 했을 때 맥박이 거의 희미해지자 병원의 목사가 와서 마지막 임종기도를 했다. 순간순간 죽음을 향해 힘겹게 가고 있는 그를 지켜보면서 내 숨마저 끊어지는 것 같았다. 그는 인공산소호흡기를 끼고 각종 검사를 받기 위해 숨 가쁘게 검사실을 옮겨 다녔다. 급기야는 환자를 움직일 수 없는 상황이 되자 거대한 장비를 중환자실로 옮겨와서 검사를 했다. 이제 더 이상 주삿바늘을 찌를 곳이 없었다. 그 모든 진행 상황을 옆에서 지켜봐야 하는 내 가슴은 타들어가고 있었다. 고요해진 밤이면 저녁 내내 의료기기에서 들려오는 가쁜 호흡 소리를 들으며 그에게 매달려 울며 애원했다. 그러나 그는 대답이 없었다.

중환자실에서 7일째 되던 날, 체온이 40도를 넘었다. 그의 온몸은 불덩이처럼 뜨거웠다. 모르핀 주사를 투여해도 열이 내리지 않았다. 더 이상 살 가망이 없다는 신호였다. 이제 그만 그를 편안한 세상으로 보내줘야 할 시간이 온 것이다. 주치의와 간호사들은 벌써 커튼을 드리우고 죽음을 맞을 준비를 했다.

그에게 이 세상에서의 마지막 작별 인사를 해야 할 시간이 왔다. 새벽 5시, 죽음을 힘겹게 기다리고 있는 그 사람과 그 죽음을 향해 목메어 매달리고 있는 나, 둘만이 어둡고 차가운 밤을 지키고 있었다. 그에게 마지막 사랑을 담아 가슴 아픈 이별을 해야 할 시간이 온 것이다. 나의 모든 희망이었던 그에게 이 세상에서 줄 수 있는 마지막 사랑을 전했다. 눈을 감고 있는 그 사람에게, 끊어질 것만 같은 마지막 호흡을 힘겹게 이어가고 있는 그 사람에게 마음속 간직했던 모든 사랑의 마음을 쏟아냈다. 그리고는 이제 그만 나에 대한 걱정을 접고 편안하게 떠나라고 말했다. 그러자 주삿바늘이 몇 개나 꽂힌 오른손가락이 가늘게 움직이며 내 손을 잡으려는 듯했지만 힘없이 떨어졌다. 그리고는 그의 얼굴에 한 줄기 굵은 눈물이 흘러내렸다. 그것이 그가 내게 보여준 마지막 사랑의 몸짓이었다.

온몸의 체온이 아직도 느껴지는데 그는 숨을 쉬지 않았다. 코에 손끝을 대봐도 바람이 나오지 않았다. 심장에 귀를 대봐도 심장박동 소리가 들리지 않았다. 모든 것이 한순간에 멈췄다. 너무도 평온한 그의 얼굴은 금방이라도 미소 지으며 내 손을 잡을 것만 같았다. 그러나 그는 다시는 내게 돌아올 수 없는 멀고 먼 길을 떠나버렸다. 영원히 돌아올 수 없는 길을 향해 그는 홀연히 떠나버렸다. 무섭고 두려운 현실 앞에서 나는 슬프지도 아프지도 울지도 않았다. 아무 생각이 없었다. 그의 죽음이 느껴지지 않았다. 불덩이 같았던 그의 몸은 벌써 싸늘하게 식어가고 있었다. 그렇게 그를 보내고 내가 눈을 떴을 땐 이미 모든 것이 끝난 후였다. 이틀의 시간이 흐른 것이다.

죽음은 모든 것을 이해하고 모든 것을 용서하고 모든 것을 마무리했다. 죽음 앞에 남는 것은 아무것도 없었다. 견디기 힘든 허무함만 남았다.

거친 풍랑도 잠시 잠깐! 나는 다시 일상으로 돌아왔다. 영원히 내 곁을 떠났다고 믿었던 그는 그 후 여러 번 내게 다가왔다. 운전을 하고 학교로 갈 때도 옆자리에 그가 앉아 있는 것만 같았다. 집에 있을 때도 어느 한순간 그의 체온이 느껴지는 것만 같았다. 처음에는 간절한 그리움으로 그런 그의 에너지라도 느껴보고 싶었다. 그러나 그것은 곧 두려운 공포로 변하고 말았다. 오랫동안 살았던 집으로 들어갈 수가 없었다. 두렵고 무서웠다. 새벽 2시, 3시까지 두려움에 떨며 울다가 지쳐 잠들곤 했다. 살아내야 한다는 두려움의 무게에 떨며 극도의 피로감으로 녹초가 된 몸을 끌고 하루하루 삶과의 투쟁을 시작했다. 살고 싶지 않았다. 그 사람이 없는 세상에서 살아야 할 아무런 이유가 없었다. 그래서 마음으로부터 죽음을 선택했다. 그러자 하루가 다르게 몸이 죽음을 향해 달려갔다. 잠을 잘 수도 먹을 수도 무엇을 하겠다는 의욕도 없었다. 삶에 아무런 의미가 없었다.

짙푸른 하늘가를 한가로이 떠도는 갈매기도, 평화로운 미시간 호수 위를 달리는 요트 소리도, 정겨운 연인들의 웃음소리도, 눈 부신 태양도, 그대로 그 자리에서 변함없이 마냥 행복한데 나는 어제의 내가 아니었다. 그토록 찬란했던 태양이 한순간에 먹구름으로 변해버렸다. 이 세상에 살아남아야 할 아무런 이유가 없었다. 행복이라고 굳게 믿고 살았던 한 대상이 내 눈앞에서 영원히 사라져버렸다.

그래서 마음에서부터 살기를 포기해버렸다. 마음에서 삶을 포기하자 몸이 반응을 보이기 시작했다. 서서히 몸의 기능이 망가져 갔다. 각종 정밀 검사를 받고 여덟 명이나 되는 전문의가 있었는데도 상황은 점점 악화되었다. 원인을 찾지 못하자 주치의는 신경정신과 치료를 권했다. 그러나 정신과 의사도 아무런 도움을 주지 못했다. 그런 몸을 이끌고 몇 달을 버텼다. 서서히 죽음에 대한 공포가 일렁였다. 살고 싶었다. 이미 내 의지와는 상관없이 내 몸은 죽음으로 한 발자국씩 서서히 다가가고 있었다.

결국 부모님이 계시는 한국 땅으로 돌아갈 것을 결심하고 눈물로 얼룩진 한 달 동안의 자동차 여행을 떠났다. 그 땅에서 만들었던 모든 인연과 기억들을 버리고 싶었다. 달리고 또 달리고 마치 죽음을 향해 달려가는 넋 나간 사람처럼 그렇게 미국 대륙을 헤매고 다녔다. 한국으로 떠나기 전 우리가 함께 살려고 마련한 집 앞으로 갔다. 차 속에 앉아 몇 시간을 우두커니 그 집 앞에 있었다. 깊은 회한의 눈물로 범벅이 된 채, 나는 또 한 번 작별 인사를 했다. 우리의 사랑은 이렇게 죽을 만큼 아픈 사랑으로 막을 내렸다. 찬란하게 빛났던 별 하나가 내 인생에서 흔적 없이 사라졌다.

　　견딜 수 없이 요동치는 마음을 진정시키고 몇 날 며칠을 조용히 앉아 참회의 눈물을 흘렸다. 슬픔과 아픔으로 얼룩진 마음을 맑게 가라앉히고 고요 속에 깊이 침잠했다. 그 고요 속에서 피어난 지혜와 평화! 그것은 새로운 생명의 빛으로 내게 다가왔다. 침묵의 고요 속에 매 순간은 내 몸에 그대로 투영된 진리였고 나를 살릴 수 있는 명약이었다. 너무도 고통스러워 뒤돌아보기도 싫었던 지난 시간들, 그러나 그 고통이 하나의 빛이 되어 나를 새로운 길로 들어서게 했음을 알게 되었다.

　　삶은 고통이지만 동시에 고통에서 벗어날 수 있는 길을 제시했다. 삶은 고통의 바다가 아니라 완전한 자유이고 우리 모두의 영원한 이상향이며 살 수 있는 단 한 번의 기회였다. 나는 삶이 온갖 고통과 괴로움과 아픔만이 가득한 세계라고 생각했다. 그런 어리석음에 묶여 살아왔던 내 자신이 측은해서 통곡하지 않을 수 없었다. 울고 또 울어도 눈물이 마르지 않았다. 마치 온갖 슬픔과 아픔을 다 씻어내듯 끊임없이 눈물이 흘렀다. 잿빛 하늘 저 뒤편에는 아직도 밝고 빛나는 태양이 나를 기다리고 있었음을 이제야 깨닫게 되었다. 이런 깨달음의 길로 갈 수 있는 길을 열어준 사랑했던 그 사람은 내게 가장 소중한 아픈 선물이었다.

이제는 더 이상 저 하늘에 잠시 비쳤다 사라지는 허상의 무지개를 좇는 어리석은 사람으로 살고 싶지 않다. 지난 시간 속으로의 어두웠던 여행을 마치고 새로운 빛으로 다가온 현재 이 순간의 여행을 계속하고 싶다. 눈물로 얼룩진 그 기억이 이제는, 내가 살아남아서 이생을 살아가야 할 아름다운 이유이며 추억이 되었다.

진흙 속에서 말없이 피어나 그 향기 멀리멀리 퍼져나가는 한 송이 연꽃처럼, 향기롭지만 소박한 삶을 살아가고 싶다. 내가 가야 할 마지막 종착역에 무사히 그리고 아름답게 도착할 수 있기를 준비하면서!

24시간 언제든 전화해

사랑하던 약혼자를 다른 세상으로 보낸 후 나는 몸도 마음도 죽을 듯이 아팠다. 가슴이 산산이 찢기는 듯이 아팠다. 잠을 이룰 수 없는 깊고 긴 밤을 눈물로 보내곤 했다. 무엇보다 힘들었던 것은 가족이라고는 아무도 없는 낯선 미국 땅에서 혼자 그 아픔을 이겨내야 하는 것이었다. 나는 학교에 병가를 내고 그 사람과의 추억을 그리며 며칠을 집에서 보냈다. 모든 꿈과 행복을 한꺼번에 잃어버린 나는 견딜 수 없는 슬픔에 울고 또 울었다.

나의 소식을 들은 학교 동료 교사들이 돌아가면서 음식을 만들어 우리 집으로 찾아와주었다. 찰스 마틴이라는 교사는 자기 누나도 나와 같은 아픔을 겪었다면서 누나에게 내 소식을 전해주었다. 며칠 후 누나로부터 감동적인 위로의 메일을 받았다. 그 후로도 몇 번이나 나를 걱정해주는 메일을 보내주었다. 약혼자가 마지막까지 입원했던 병원의 신장 전문 의사는 나를 집으로 초대해서 내 아픔을 함께해주었다.

아픔을 견디지 못하고 힘들어하고 있을 때 나를 위로해준 많은 친구들이 있었지만 그중에서 특별하게 나에게 손을 내밀어준 친구가 있다. 크로아일랜드 초등학교에서 4학년을 맡고 있는 캐롤라인 쉴러 선생님이다. 캐롤라인은 고양이 두 마리를 키우며 혼자 살고 있다. 용감하게도 스카이다이빙을 즐기는 여자다. 스카이다이빙을 하다가 허리를 다쳐서 몇 번의 수술을 받았는데도 그 취미를 포기하지 못하고 계속 강행하다가 결국 젊은 나이에 지팡이를 짚고 다니는 사람이다. 하루는 캐롤라인이 집으로 찾아왔다. 몰라보게 수척해진 나를 따뜻하게 안아주면서 말했다.

"울고 싶을 때, 누군가의 따뜻한 위로가 필요할 때 언제든 전화해. 나의 24시간은 항상 너를 위해 열려 있어. 24시간 동안 너를 위해 기다리고 있을게. 망설이지 말고 언제든 전화해. 난 항상 너의 곁에 있어."

나는 사람들이 잠든 고요한 밤이면 가버린 사람이 더 그립고 보고 싶었다. 어둠이 깔리면 슬픔과 외로움이 뼈저리게 엄습해 왔다. 혼자라는 두려움이 마음속 깊이 파고들 때마다 웅크리고 앉아 울고 또 울다가 새벽 2시, 3시에 캐롤라인에게 전화를 하곤 했다. 엉엉 울면서 그 사람에 대한 그리움을 쏟아냈다. 예전처럼 사랑하는 사람과 행복하게 살고 싶다고 절규하듯 마음의 소리를 전했다. 캐롤라인은 단 한 번도 싫은 기색 없이 나를 받아주었다. 울음이 멈출 때까지 묵묵히 기다리면서 내 말에 조용히 귀 기울여주었다. 내 아픔에 공감하며 상처 난 내 마음을 보듬어주었다. 나는 캐롤라인의 포근한 마음에 안겨 한없이 울었다. 캐롤라인은 나의 아픔을 자신의 아픔처럼 어루만져주고 손을 내밀어 위로해주며 따뜻한 가슴으로 안아준 사람이었다.

상처 난 마음을 치료해주는 공감사처럼, 심리적인 허기를 감싸주는 마음 치유사처럼 캐롤라인은 내가 아픔에서 벗어나 스스로 일어날 때까지 인내심 많은 자상한 힐링 멘토가 되어주었다. 지금도 나는 캐롤라인을 마음 치유사라고 부른다. 그녀의 따스한 위로와 깊은 공감 덕분에 나는 세상에서 다시 온전한 한 사람으로 일어설 수 있게 되었다. 삶을 포기하고 싶을 만큼 아프고 힘들 때 한 사람의 위로는 살아야 할 희망이 된다. 따뜻한 가슴보다 더 아름다운 것은 없다. 캐롤라인은 따뜻한 가슴을 가진 그런 사람이었다.

"그런 당신을 사랑합니다!"

오점을 남기고 싶지 않아요

한국으로 돌아갈 것을 결심한 나는 미국 서부로 자동차 여행을 결심했다. 시카고에서 출발하여 위스콘신, 와이오밍, 유타, 콜로라도와 애리조나를 돌아보는 여정이다. 텐트와 필요한 물품을 자동차에 싣고 미리 예약해둔 캠핑장을 향해 떠났다. 대부분의 숙소는 국립공원이나 주립공원 안에 있는 캠핑장으로 정했다.

어느 날 유타주에 있는 브라이스캐니언 국립공원 안에 있는 캠핑장에 텐트를 쳤다. 한밤중에 우연히 일어나 밤하늘을 올려다보았다. 그 밤하늘에는 글로 형언할 수 없을 만큼 아름다운 한 폭의 수채화가 펼쳐져 있었다. 별빛 가득한 밤하늘의 주인공, 그것은 밀키웨이, 은하수였다. 한동안 넋을 잃고 하늘의 장관을 올려다보았다. 몽환적인 밤하늘의 은하수 속으로 금방이라도 빨려 들어갈 것만 같았다. 모든 사람들이 잠든 틈을 타서 소리 없이 밤하늘에 은빛 가루를 뿌려놓은 황홀경에 한동안 도취되었다. 어둡고 시린 밤을 밝혀주는 은하수는 밤하늘의 등대, 어둠을 찬란하게 수놓은 오로라 같았다. 이국땅에서 경험한 자연의 신비! 태어나 처음 경험한 감동적인 밤하늘이다. 자연은 형언할 수 없는 신비 그 자체다.

끝없이 펼쳐진 도로를 달리고 또 달려서 캐니언랜드 국립공원 근처 캠핑장에 텐트를 치고 레저용 의자에 앉아 황금빛 노을을 바라본다. 하루를 마무리하는 시간, 어쩌면 우리는 이렇게 매일 한 생을 마감하고 다음 날 아침 새롭게 다시 태어나고 있는 것인지도 모른다. 오랜 미국 생활이 마치 한 편의 영화처럼 스쳐 지나간다. 행복했던 기억도, 아팠던 기억도 과거라는 시간 속에 묻어버리고 나는 지금 그 시간을 추억하며 앉아 있다. 그 추억 속에 무뎌진 침묵만 남는다.

붉게 빛나는 애리조나의 보석, 세도나는 하이킹과 산악자전거의 메카로 알려져 있다. 애리조나 사막 한가운데에 있는 세도나는 붉은 땅이라는 뜻이며 아파치 인디언들의 오랜 거주지였다고 한다. 집도 길도 산도 건물도 온통 붉은 황토색이다. 거대한 암벽과 봉우리들이 장관을 이루는 산 중턱에는 사암에서 방출되는 강한 정기를 받고자 세계 도처에서 찾아온 명상가들이 깊은 삼매에 빠져 있다. 세도나는 세계에서 기(氣)가 가장 강한 곳 중에 하나이며 명상과 치료에 좋은 강한 힘이 존재한다고 한다.

붉은 대지의 경이로움에 흠뻑 젖어 세도나를 천천히 운전하며 돌아보다가 미처 속도 제한을 확인하지 못한 채 경사진 도로를 약간 빠르게 주행하고 있었다. 그때 건너편에서 기다리고 있던 경찰관의 차에 포착되었다. 아마도 경사진 도로 탓에 많은 운전자들이 속도 제한을 지키지 않기 때문에 늘 순찰차가 대기하고 있는 모양이다. 30마일로 주행해야 하는 도로인데 내 차는 그보다 훨씬 빠르게 달리고 있었다. 경찰관은 마이크를 통해 내 차량의 번호판 번호를 부르면서 차를 갓길에 세우고 자기 옆 좌석으로 타라고 명령한다. 경찰차에 장착된 컴퓨터에서 내가 주행한 속도를 직접 확인하라는 의도였다. 내 속도는 55마일이었다.

신나는 여행 일정이 한순간에 엉망이 된 기분이었다. 속도위반 티켓을 받고 싶지 않았다. 나는 정중하게 선처를 부탁했다. 미국에 사는 동안 단 한 번도 교통법규를 어긴 적이 없었고, 단 한 번도 위반 티켓을 받은 적이 없다고 말했다. 그리고는 한국으로 돌아가기 전에 마지막 여행을 기분 좋게 마칠 수 있도록 도와달라고 부탁했다. 경찰관은 내 기록에 교통법규 위반이나 과태료를 낸 기록이 없는 것을 확인한 후 이렇게 말했다.

"나는 당신의 깨끗한 기록에 오점을 남기는 경찰관이 되고 싶지 않아요. 또 당신의 행복한 여행을 망치고 싶지도 않답니다. 내가 당신 차를 멈춘 것은 당신의 생명을 보호하기

위해서입니다. 만약 당신이 남은 여행 기간 동안 교통법규를
잘 지키겠다고 약속만 한다면 당신께 티켓을 부과하지 않겠
습니다."

그 사람은 내가 이 세상에서 만난 가장 멋진 경찰관이었다.

태평양을 건너온 노아

위네카에 있는 그릴리 초등학교 미술 시간이다. 스무 명의 4학년 아이들이 어머니 날에 드릴 카드를 그리고 있다. 미국의 어머니 날은 5월의 둘째 주 일요일이다. 한국 아이들은 엄마의 눈동자를 모두 검은색으로 칠할 텐데 미국 아이들은 파란색, 노란색, 초록색, 회색, 검은색 등 각양각색으로 칠한다. 이 아이들 중에 키 작은 동양인 남자아이가 눈에 띈다. 학교 행사가 있을 때마다 강당에서 피아노를 도맡아 치는 아이다. 갓난아기였을 때 한국에서 태평양을 건너 입양된 아이란다. 그래서 이름을 노아라고 지었다고 한다.

내가 한국 사람이라는 것을 알게 된 노아는 나에게 특별한 관심을 보였다. 어느 날 노아를 입양한 부모님이 나를 점심 식사에 초대했다. 한국에서 여자아이 한 명과 노아를 입양했다는 부모님은 집안을 온통 한국 물건으로 꾸며놓았다. 한국 입양아 모임에도 참석하고 한국말도 가르치고 있다고 한다. 그 후 노아 부모님의 요청으로 노아랑 함께 영화를 보러 갔다. 내가 운전한 차를 타고 영화관에 이르자 노아는 얼른 차에서 내려 차문을 열어준다. 영화관에 들어갈 때도 재빨리 달려가 문을 열어준다. 지정된 좌석에 나를 앉혀놓고 양팔 가득 큰 팝콘을 사들고온다. 오래 사귄 애인보다 듬직하고 신사답다. 영화가 끝나고 서점에 들러 노아에게 한글 사전을 사주고 한인 식당에서 불고기를 먹었다. 신난 아이의 천진난만한 모습을 보면서 나도 덩달아 흐뭇한 미소가 입가에 번진다.

5학년이 되자 노아는 근처 중학교로 옮겼다. 노아는 가끔 우리말을 배웠다며 한글로 편지를 써서 양호 선생님 편에 보내곤 했다. 그렇게 아이는 성장하여 줄리아드 음대에 들어갔다는 소식을 들었다. 세월이 흘러 나는 한국으로 돌아온 후에도 매년 여름방학이면 시카고를 방문했지만 노아의 존재를 생각하지 못했다. 많은 시간이 흐른 어느 여름날, 불현듯 노아가 궁금했다. 그래서 한국에서 출발하기 전에 노아 부모님께 노아를 만나보고 싶다는 편지를 보냈다.

부모님이 노아에게 연락을 해준 덕분에 우리는 십 년의 세월이 흐른 후 시카고에서 다시 만났다. 노아는 그때의 키 작은 아이가 아니었다. 장래가 촉망되는 삶을 사는 멋진 어른이 되어 있었다. 노아는 직접 차를 운전해서 나를 데리러 왔다. 우리는 긴 공백을 깨고 많은 대화를 나눴다. 현재 노아는 미국에서 촉망받는 젊은 샛별, 파이프 오르간 연주자이다. 각 주를 돌아다니면서 순회공연을 하고 있다고 한다. 노아는 나를 그의 한 연주회에 초대해주었다. 연주를 마치고 단상에 서서 연주한 곡을 설명하는 노아의 모습은 자신 넘치는 멋진 예술가였다. 마치 성공한 아들의 모습을 보는 것처럼 흐뭇하고 자랑스러웠다.

다음 해 노아는 낳아준 부모님을 찾기 위해 한국을 방문했다. 부모를 찾으려고 하는 가장 큰 이유가 무엇이냐고 묻는 내 질문에 음악에 대한 재능이 누구에게서 온 것인지 알고 싶고, 가족 병력이 무엇인지 알고 싶다고 한다. 사사로운 감정에 치우치지 않은 이성적이고 합리적인 사고방식이다.

가끔 나는 지금까지 만났던 많은 인연들을 떠올려본다. 어떤 사람은 한 번의 만남으로 끝난다. 어떤 사람은 오랜 골동품 같은 인연으로 이어지기도 한다. 노아와의 인연은 한국에서의 만남을 끝으로 더 이어지지 못했다.

지금도 세상 어디에선가 영혼을 울리는 천상의 파이프 오르간 소리를 들려주고 있을 노아를 한 번쯤 꼭 다시 만나보고 싶다. 그리고 못다 한 얘기 나누고 싶다. 그릴리 초등학교에서 함께 나누었던 추억을 더듬으며, 조용한 어느 카페에 앉아 살아온 지난 시간들을 나눌 수 있는 그런 정겨운 재회를 꿈꾸어본다.

검은 눈의 어머니, 푸른 눈의 어머니

미국 생활을 접고 한국행 비행기를 타기 하루 전 미국인 어머니 조앤은 그날 밤 세 번이나 전화를 했다. 내일이면 내가 이곳에 없다는 사실이 믿어지지 않다며 울먹였다. 미국 생활 내내 그분은 다정한 어머니였으며, 내가 영어책을 출간할 때마다 빈틈없는 교정과 조언으로 영어표현이 틀림없도록 도와준 분이다. 추수감사절이나 크리스마스에 그분의 가족처럼 늘 나를 초대해주었고, 가장 자랑스러운 딸로 대해주었다.

노스부룩의 타운 하우스 입주자 대표였던 조앤은 나를 조금이라도 경제적으로 돕고 싶다며 입주자 회의에 참석해서 회의록을 작성하라고 제안했다. 나는 흔쾌히 그 제안을 받아들였다. 조앤은 내가 회의에 참석한 시간과 회의록을 작성하고 검토한 후 타이핑하는 시간까지 계산해서 시급으로 지급해주었다. 대부분 나이가 많은 입주민들은 젊은 사람이 회의에 참석해서 생동감이 넘친다고 좋아한다. 마치 꽃 한 송이가 핀 것처럼 분위기가 환해졌다면서 나에게 아낌없는 찬사를 보낸다. 그 후로 나는 한국으로 돌아오기 전까지 평균 한 달에 두 번 입주자 회의록을 작성하면서 생각지도 않은 용돈을 벌었다.

한국으로 돌아온 후에도 나는 여름방학이 되면 조앤에게 달려갔다. 조앤 집에 도착하면 언제나 현관문에 "웰컴 홈, 스윗하트! 나의 자랑스런 한국 딸, XOXO(포옹과 키스)!"라고 붙여놓고 초인종을 누르자마자 맨발로 뛰어나와 힘껏 안아주곤 했다. 조앤은 누군가를 위해 요리를 할 수 있다는 것보다 더 큰 즐거움은 없다며 13시간의 긴 비행 끝에 도착한 딸에게 블러디 메리(보드카에 토마토 주스를 섞은 칵테일)를 만들어 주었다. 환상적인 저녁을 기대하라며 춤을 추고 흥얼거리며 연어 스테이크로 저녁을 준비했다. 단 한 번도 맨 얼굴을 보여준 적이 없었던 분, 식사가 끝나자마자 늘 화장을 매만지며 영원히 스물아홉 살이라는 조앤! 내가 미국으로 가지 못할 때도 조앤은 영어를 쓰지 않으면 잊어버린다고 한국으로 자주 전화를 걸어주었다. 그러면서 내가 쓰던 이층 방에 풀벌레만이 내 빈자리를 지키고 있다면서 빨리 오라 한다.

대학교 강의 때문에 내가 집에 없을 때 가끔 조앤이 한국으로 전화를 했다. 나는 검은 눈동자의 한국 어머니에게 조앤이 전화하면, "스쿨!"이라고만 말하라고 일러둔다. 그러면 푸른 눈동자의 어머니는 마치 알아듣기라도 한 듯 영어로 계속 말을 잇는다. 한국인 엄마는 우리말로, 미국인 엄마는 영어로 말한다. 그래도 서로 통하는 모양이다. 내가 학교에서 돌아오면, 두 분은 서로 이해한 대로 애써 내게 설명하면서 싱글벙글 좋아한다. 두 분의 이해가 맞든지 틀리든지 상관없다. 행복해하는 모습이면 만족한다.

언어와 문화가 달라도 유선 공간에서 서로 마음을 나눌 수 있다는 것, 그것은 소박한 행복이다. 언어와 문화의 장벽을 넘어 서로를 이해해주고 보듬어주는 가족이 있다는 것, 그것은 따스한 위로이다. 사랑을 받는 것보다 사랑을 주는 것이 더 큰 행복이라는 것을 알게 해준 푸른 눈의 어머니, 태평양 건너 막내딸이 와서 참 좋다며 팝송을 멋지게 불러대던 여든 살의 소녀. 그 소녀가 떠나간 자리에는 아직도 XOXO가 추억으로 남아 있다. 사랑이라는 이름 하나로 생명 다한 그날까지 한 점 흐트러짐 없이 사셨던 나의 미국인 어머니, 조앤. 동백꽃보다 더 진한 그 사랑, 내 가슴 속에 깊이 새긴다. 이 생명 다하는 그 날까지 두 분의 어머니가 남겨준 그 사랑을 가슴에 품고 살아갈 것이다. 이제는 고인이 된 두 어머니를 생각하면서 그분들께 마지막 이별을 고한다.

어머니, 이제 당신께 향한 애달픈 짝사랑을 접으려고 합니다. 제 나이 다섯 살 되던 해, 온종일 피를 쏟으며 백지장처럼 파리한 모습으로 누워계셨던 당신을 저는 지금도 잊을 수 없습니다. 울며불며 그저 바라볼 수밖에 없었던 어머니! 하얀 병원

차가 와서 당신을 실었습니다. 흰색 가운을 입은 아저씨의 다리를 부여잡고 어머니를 데려가지 말라고 울며 매달렸습니다. 저는 당신이 영영 다시는 돌아오지 못할 그 길로 떠나시는 줄 알았습니다. 당신을 향한 지칠 줄 모르는 제 짝사랑은 그때부터 시작되었습니다.

학교에서 돌아와 방문을 열 때마다, 당신은 핏기없는 창백한 모습으로 늘 누워 있으셨지요. 여섯 명이나 되는 자식을 위해 당신의 삶은 늘 힘겹고 어두운 그늘 아래 희생될 수밖에 없었습니다. 어느 날 꼬깃꼬깃 기운 당신의 속옷이 빨랫줄에 걸린 것을 보았습니다. 한 올 한 올 기운 바느질 자국마다 당신의 아픔과 고통과 한이 얼룩져 있었다는 것을 그때는 알지 못했습니다. 예쁜 속옷을 사다 드려도 입지 못하고 굳이 헌 옷만 입으셨던 어머니, 저는 그런 당신이 원망스러웠습니다.

굴비 몇 마리 구워 우리들 밥상에 올려주시면서 당신은 생선 머리가 더 맛있다고 하셨지요. 저는 정말 당신께서 머리만 좋아하신 줄 알았습니다. 아무 생각 없이 그렇게 믿었습니다. 어리석은 저는 당신의 그 깊은 마음을 미처 헤아리지 못했습니다. 집을 비우는 날이면 당신을 기쁘게 해드리려고 모아놓은 빨래도 하고 집안 청소도 했습니다. "참 잘했구나!"라고 대견해하시며 웃으시던 당신의 그 미소를 보고 싶어서였지요. 저는 당신이 기뻐하시면 제 곁을 떠나지 않고 영원히 함께할 수 있다고 믿었습니다.

제가 학교에서 일등을 해오면 세상을 다 얻은 것처럼 좋아하셨습니다. 마치 당신의 못다 이룬 꿈을 이룬 것처럼 행복해 하셨지요. 늘 배우지 못한 것이 한이 되셨던 어머니. 저는 그런 당신의 꿈을 알고 있었기에 저를 통해 당신의 꿈을 이뤄드리고 싶었습니다.

책이 출간될 때마다 당신을 향한 제 사랑을 책 속에 실었습니다. "엄마, 내가 쓴 책이야."라고 말했을 때 행복해 하시는 당신의 모습이 보고 싶어서 저는 책을 쓰고 또 썼습니다. 햇볕이 잘 드는 곳에 앉아 책을 보셨다면서 좋아하셨던 어머니. 공부를 못 해서 제가 쓴 영어책을 읽을 수 없다며 안타까워하셨던 어머니. 지금 저는 그런 당신 때문에 자꾸 눈물이 납니다.

한으로 얼룩진 세월을 사실 수밖에 없었던 어머니. 그런 어머니의 한을 다 풀어드리지 못한 저는 자꾸 눈물이 납니다. 컴퓨터를 쓰는 저를 보며 부러워하셨던 어머니. 저는 그런 어머니의 한을 풀어드리지 못해 자꾸 눈물이 납니다.

어머니, 당신은 지금의 저를 만들어낸 힘의 근원이었습니다. 제가 살아야 할 유일한 이유였고, 제가 공부해야 할 마지막 희망이었습니다. 저는 당신의 꿈을 이루기 위해 살았고, 당신의 꿈이 되기 위해 살았습니다. 당신의 행복한 미소를 보기 위해 살았습니다. 당신의 가녀린 엷은 미소, 당신의 따스한 손길 하나만으로도 저는 가슴 벅차도록 행복했습니다.

당신의 힘없는 손을 잡고 병원에 갈 때마다 저는 아픈 당신 때문에 가슴이 아팠습니다. 제가 운전하는 차 뒷자리에 앉아 꾸벅꾸벅 졸고 계시던 당신의 모습을 훔쳐보면서 저는 자꾸 눈물이 났습니다.

다섯 살 때부터 시작된 당신을 향한 저의 불타는 짝사랑. 어머니, 이제 그만 그 짝사랑을 접어야 하나 봅니다. 다시 만나기 위해 당신 곁을 떠납니다. 저세상에서는 아프지 않은 그런 당신을 다시 만나기 위해 이제 저는 당신 곁을 떠납니다.

제 가슴속에 늘 아픔으로 남아계셨던 어머니, 이제 당신을 위해 남겨 놓은 저의 모든 사랑을 바칩니다. 한 점 그리움도 남기지 않은 채, 저의 온몸을 태워 그 사랑 보내렵니다.

가슴 시리도록 사랑했던 어머니! 어제도 사랑했고, 지금 이 순간에도 사랑하는 어머니, 내일 또다시 당신을 사랑하기 위해 오늘 당신을 마음에서 떠나보냅니다. 당신과 함께 할 수 있었던 이 세상에서의 시간, 그 시간을 위해 제 마음속에서 어머니를 놓습니다.

어머니, 다시 당신을 만나기 위해
오늘 당신 곁을 떠납니다.

청소부가 된 선생님

　인도계 미국인 아누락은 한국의 작은 도시에 있는 불교 고등학교에 영어 원어민 교사로 왔다. 미국에서 법학을 전공한 아누락은 법조계에 입문하기 전에 한국의 불교문화를 체험하기 위해 원어민 교사직에 지원했다고 한다. 뉴욕에 살고 있는 부모님은 두 분 모두 의사이고 아누락 본인도 유명한 대학을 나온 촉망받는 미래 법조인이다. 그의 태도는 늘 겸손하고 다른 사람들을 배려하며 이해하려고 애쓴다.

　하루는 나와 함께 사찰 순례를 하면서 한국 학교생활에서 가장 힘들었던 점을 조용하게 털어놓았다. 재직하고 있던 학교를 방문한 학부형들이 가끔 피부색이 검다는 이유 하나만으로 아누락을 동남아에서 온 청소부로 잘못 인식하여 일을 시킨다고 한다. 어떤 학부형은 쓰레기통을 비우라고 명령을 한단다. 어떤 사람은 무거운 책상을 다른 곳으로 옮기라고 퉁명스럽게 말한다고 한다. 어떤 사람은 운동장에 쓰레기를 청소하라고 호통을 치기도 한단다. 그들의 태도는 마치 주인이 하인을 부리

듯 갑질을 일삼는다고 한다. 아누락은 피부색이 검다고 갑질의 대상이 되는 것은 옳지 않다고 진지하게 말한다. 그렇지만 마음에 깊이 두지 않고 무시할 수 있다고 한다. 그러나 다른 사람들이 자기를 청소부로 잘못 알고 일을 시키면 시키는 대로 해주면 되지만 사람의 겉모습만 보고 한 사람을 판단하는 것은 옳지 않다고 심정을 토로한다. 과묵하고 배려심 많은 아누락의 깊은 눈빛에 낯선 땅에서의 어려움이 스친다.

우린 이런 실수를 가끔 저지른다. 한 사람의 내면과 그 사람의 됨됨이를 보기보다는 비싼 옷을 입고 명품 가방을 들고 있으면 그 사람 인격도 가치도 올라간다고 생각하는 실수를 범한다. 비싼 옷이나 명품 가방으로 우리의 인격이 올라갈 수만 있다면 세상에는 명품만큼이나 고상한 인격을 가진 사람들로 붐빌 것이다. 명품 브랜드가 어떤 사람의 고귀함을 대신해 줄 수는 없다. 겉모습만으로 한 사람의 인격과 정체성을 파악한다는 것은 심오한 철학처럼 미묘하고 심리학처럼 어렵고 복잡한 것이다. 책 표지만 보고 그 책의 내용을 판단해서는 안 된다. 외모로만 사람을 판단하는 것은 너무도 위험한 일이다. 눈에 보이는 것은 배운 지식과 상식이나 경험을 통해 알게 된 극히 작은 일부에 불과하기 때문이다.

아누락은 계약한 임기를 마치고 한국의 많은 불교 성지를 순례했다. 그리고 미국으로 돌아가 인종차별과 사회적 불평등

및 정신 건강을 위한 비영리 단체를 설립하여 어려움에 처한 사람들을 교육하고 돕는 일을 하고 있다. 지금도 가끔 테드(미국의 비영리 단체에서 운영하는 강연회)나 소셜 미디어를 통해 강의하는 아누락의 모습을 접한다. 자신이 꿈꾸는 세상 속으로 힘차게 도약하고 있는 그의 모습에서 확신에 찬 청년 리더의 카리스마가 물씬 풍긴다.

애틀랜타 핫틀랜타

영어를 가르치면서 우리 문화를 배우기 위해 풀브라이트를 통해 한국에 온 영어 원어민 교사 니까를 연세대학교에서 만나 나주에 있는 중학교로 향했다. 니까는 미국 애틀랜타 출신으로 대학을 졸업하고 한국에 관심이 많아 영어교사에 지원했다. 학교에 부임한 후 니까는 학교 근처 사찰에 머물면서 한국 불교와 전통문화를 체험하고 싶다고 한다. 전교생이 150명이 채 안 되는 아주 작은 시골 학교에서 원어민 교사를 채용한다는 것은 혁신적인 전환이었다. 나는 니까가 의사소통에 문제가 있을 때마다 서울에서부터 거의 여섯 시간을 운전하여 그 중학교로 달려가곤 했다. 먼 거리였지만 누군가에게 꼭 필요한 사람으로 가는 길은 마냥 행복하고 즐거웠다.

어느 해 여름 방학에 애틀랜타에서 니까의 엄마 마리아가 딸을 만나러 한국에 왔다. 인천공항에 내려 광주행 고속버스를 타야 하는데 광주라는 발음을 매표원이 잘못 듣고 원주행 표를 준 것이다. 마리아가 원주에 도착했을 때는 이미 밤이었다.

다행히도 마리아는 원주 버스터미널 근처에서 한 학생을 만나 무사히 숙소를 정했다. 나는 다음날 마리아를 서울로 다시 오게 해서 나주까지 함께 내려갔다. 니까와 마리아는 극적인 재회를 했고 우리는 함께 남도 여행길에 나섰다. 마리아는 애틀랜타 고등학교에서 영어를 가르치고 있는데 나와 동갑이다. 며칠 동안 마리아와 나는 오래전부터 알고 지낸 친한 친구처럼 깊은 우정을 나누었다.

이듬해 여름, 나는 미국인 어머니를 만나기 위해 시카고로 갔다. 그 사실을 알게 된 마리아는 애틀랜타에 있는 자기 집에 오라고 간청했다. 친구를 만나기 위해 나는 애틀랜타로 날아갔다. 애틀랜타는 35도가 넘는 폭염 속에 도시 전체가 끓고 있었다. 그래서 현 주민들은 애틀랜타를 핫틀랜타라고 부른단다. 푸른 잔디 위에 온갖 꽃이 만발한 마리아의 집은 마치 모든 사람이 꿈꾸는 지상낙원 같았다. 나는 니까가 쓰던 이층 방에 여장을 풀었다. 마리아의 남편은 정원 가꾸기와 요리가 취미란다. 마리아와 나에게 애틀랜타 시내 구경을 다녀오라고 한다. 그동안 멋진 저녁을 준비해놓겠다며 다정한 미소를 보낸다.

우리는 십대 소녀들처럼 아이스크림도 사 먹고 쇼핑도 하고 근처 공원 산책도 하고 애틀랜타의 명물 바위산에도 올라갔다. 호숫가 벤치에 앉아 한국에서 함께 나누었던 시간도 추억해본다. 집으로 돌아오자 텃밭 정원에 심어놓은 갖가지 야채와 과일을 곁들인 환상의 스테이크와 와인이 우리를 반겨주었다. 마음을 나눌 수 있는 친구 마리아, 그리고 조용히 우리 두 사람을 위해 식사를 준비해주고 커피를 끓이고, 혹시나 내가 불편해하지 않을까 세심한 배려를 아끼지 않았던 마리아의 남편 제리, 두 사람과의 소중한 인연으로 애틀랜타는 내 마음속에 정이 넘치는 따뜻한 도시로 오래도록 기억될 것이다.

다시 시카고로 돌아가는 날에 마리아와 제리가 애틀랜타 공항까지 데려다주었다. 공항에 도착해서 두 사람과 아쉬운 작별 인사를 나누고 탑승 수속을 하려고 하는데 시카고 행 직항 비행기가 부품 고장으로 갑자기 취소되었다. 시카고까지 가는 유일한 방법은 애틀랜타에서 플로리다로 간 후 다시 비행기를 갈아타고 시카고로 가는 것이었다. 다행히 오전 중에 플로리다 행 비행기를 탈 수 있었다. 플로리다 공항에서 기다리는 동안 항공사에서 제공해준 식사 쿠폰으로 점심을 해결했다. 그 쿠폰은 무엇을 먹든지 한 번에 쿠폰에 적힌 돈을 전부 써야 했다. 거스름돈을 내주지 않는다. 게이트 앞에서 비행기를 기다리고 있자니 창밖에서 비친 한 줄기 햇살을 타고 먼 옛날 외딴 물레방앗간에 살던 기억들이 물밀듯이 몰려온다. 그때는 사람이 없어 외로웠다. 거대한 빌딩 숲에 묻혀 살고 있는 지금은 군중 속에서도 고독하다. 홀로 있어도 외롭고 둘이 있어도 고독하고 여럿이 함께 있어도 허전하다. 산다는 것은 언제나 혼자 있는 것처럼 허허롭다. 그래서 외로움은 기꺼이 받아들여야 할 삶의 일부분인 것 같다. 작은 물레방아 집의 어린 소녀는 오늘도 미국의 하늘 아래 외로움을 달래본다.

여행의 진정한 묘미는 새로운 경험과 도전이다. 갑작스러운 비행기 편 취소에 잠시 당황했지만 그것은 처음 경험해본 마음 설레는 도전이었다. 우리는 한 치의 앞도 알 수 없는 예측불가능한 삶을 살고 있다. 예측할 수 없다면 매 순간을 즐겨야 한다. 그래서 최선을 다해 매 순간을 사는 것이 가장 현명하게 살아가는 것이다.

오늘, 지금 이 순간! 나는 내 인생 최고의 봄날을 마음껏 즐기고 있다.

2부

회색 도시의 선물

삶을 바꾼 화장실 청소

미얀마의 만달레이 언덕에서 삼십 분 정도 떨어진 양킨 힐의 우인 사원은 약 오백 명의 스님들이 공부하는 사원이다. 겨울방학을 이용해서 미얀마를 여행하던 중에 우인 사원의 주지 스님과 인연이 닿아 두 달 동안 머물게 되었다. 그곳에서 영어로 불교 공부를 하면서 스님들에게 영어를 가르쳤다.

수백 년 된 나무가 우거진 곳, 순박한 사람들과 해맑은 미소가 가득한 곳이 우인 사원이다. 늘 긴장과 스트레스 속에 살아온 내게 이곳은 마치 피안의 세계 같았다. 혼잡한 세상과 멀리 떨어진 평화로운 낙원, 파라다이스를 연상하게 한다. 밤 12시가 넘도록 밖에서는 계속 두런거리는 사람 소리가 들린다. 이따금 어둠 속을 헤치고 들려오는 우렁찬 개 울음소리에 잠을 설치곤 한다. 밤새 모기가 극성을 부린다. 그래도 나는 이곳에서 더할 나위 없는 잔잔한 마음의 평화를 얻는다. 그 평화로움 속에서 나는 비로소 영혼의 휴식을 얻는다.

사원 한쪽에 스무 개의 화장실이 있는데 앞쪽으로 열 개 뒤쪽으로 열 개가 배치되어 있다. 35도가 넘는 폭염에 화장실 앞을 지날 때마다 지린내가 진동해서 코끝을 찌푸리게 한다. 매주 한 번씩 청소해도 무더운 날씨 때문에 냄새를 어찌할 수 없다고 한다. 나는 주지스님께 주중에 한 번씩 청소를 하겠다고 나섰다. 스님은 깜짝 놀라며 높은 교육을 받은 사람이 왜 그런 일까지 하려고 하냐며 만류했다. 그러나 날마다 냄새를 맡는 것보다 청소를 하는 편이 훨씬 기분 좋다고 설명했다. 그리고 일주일에 한 번씩 스무 개의 화장실을 청소했다. 혼자 하기에는 좀 힘들었지만 내 몸의 더러운 냄새까지도 다 씻는 기분으로 정성을 다해 임무를 수행했다.

　　화장실 청소 사건을 계기로 주지스님은 물론 우인 사원의 모든 스님이 내게 넘치는 사랑으로 다가왔다. 마치 가족처럼 친구처럼, 여행 친구도 되어주고 내가 아프기라도 하면 병원에도 데려가 주고 열대 과일도 가져다주고 스님들 고향에도 데려간다. 근처 마을에 살고 있는 스님의 후원자들도 나를 식사에 초대하곤 한다. 주지스님이 법문하는 날이면 마치 내가 특별한 사람이라도 된 듯 스님 전용 자가용에 함께 타고 법문 장으로 간다. 미얀마에서는 스님이 법문하러 가는 날 여자는 같은 차에 탈 수 없다. 수백 명이 기다리고 있는 법문 장에 도착하면 나를 맨 앞자리에 앉게 한다. 한국에서 온 귀한 손님이라며 대중 앞에 소개한다. 법문을 하다가도 내가 이해할 수 있도록 가끔 영어로 설명해준다. 화장실 청소 사건으로 미얀마 스님들과 나와의 간격이 오랜 친구처럼 가까워졌다. 미얀마에서의 삶이 바뀌었다.

사원에서 머물게 된 60여 일 동안 나는 매일 감동과 행복 가득한 날을 보냈다. 그때부터 지금까지 나는 매년 겨울방학이면 우인 사원에서 겨울을 보내고 있다. 이제 우인 사원은 제2의 고향이며 그곳의 스님들은 나의 가족이 되었다. 낳아준 부모가 없어도 피를 나눈 형제가 없어도 나를 기다려주고 따뜻한 품을 내어주며 안아준 우인 사원은 내가 쉴 수 있는 내 마음의 고향이다.

마음을 나눌 수 있는 사람들이 있는 곳, 나를 기다려주는 사람들이 있는 곳, 따스한 미소로 나를 반겨주는 곳, 그곳은 나의 영원한 샹그릴라*, 영혼의 안식처이다.

---

* 샹그릴라: 제임스 힐튼의 『잃어버린 지평선』에 나오는 가공의 장소. 영원한 행복을 누릴 수 있는 히말라야의 유토피아

어둠 속의 미로 찾기

오지 사원이 있는 삔우린에서부터 자동차로 여섯 시간 정도 걸리는 바간 여행에 나섰다. 이번이 세 번째 바간 여행이다. 큰스님과 자동차 기사와 나를 돌봐주는 두 여자와 함께 떠난다. 숲속 오지 사원에서 머무는 동안 내 끼니를 요리해줄 떼떼모는 차멀미를 한다며 차창 밖으로 계속 토한다. 얼굴빛이 창백하도록 토해댄다. 여섯 시간을 달려야 도착할 수 있는 장시간의 여행인데 잘 견뎌줄지 걱정이다.

석양이 질 때쯤 목적지인 바간에 도착하여 큰스님의 도반 스님 사원에 여장을 풀었다. 바나나 잎으로 지어진 작은 오두막 한 채를 우리에게 쓰도록 허락했다. 우리 일행은 모두 한쪽에 각자 자리를 마련했다. 내가 걱정스러운지 떼떼모는 밤중에 화장실을 가고 싶으면 망설이지 말고 자기를 깨우라고 한다. 예측했던 대로 새벽 3시 30분 경에 화장실을 가야 했다. 슬그머니 일어나서 자고 있는 떼떼모를 살폈다. 세상모르고 잠에 푹 빠져 있다. 곤히 잠들어 있는 사람을 차마 깨울 수 없었다.

화장실은 우리 숙소에서 약 200m 정도 떨어진 곳에 있다. 다행히 화장실에 불이 켜 있다. 나는 스마트폰 손전등을 켜고 화장실을 보면서 걸어갔다. 여기저기에서 야생 개들의 울음소리가 새벽의 어둠을 쫓고 있다. 그 소리가 새벽의 고요를 뚫고 내 가슴 속으로 파고들었다.

칠흑 같은 어둠 속에서 볼일을 보고 나왔을 때 갑자기 방향 감각을 잃어버렸다. 나와서 보니 화장실을 가운데 두고 길이 사방으로 나 있었다. 좁다란 길 양쪽으로는 키 큰 나무가 우거져 있다. 길이 다 똑같아 보인다. 우리 숙소로 가는 길을 찾을 수가 없다. 어느 길로 가야 할지 아무 생각이 나지 않는다. 수많은 크고 작은 건물들이 있지만 불이 켜진 건물은 한 군데도 없다. 한쪽 길로 가 봐도 아니고 또 다른 길로 가 봐도 숙소를 찾을 수 없다. 어디선가 사납게 짖어대고 있는 야생 개떼들이 두려움을 불러들인다. 길을 찾아다니다가 사원 안에서 개를 만나지 않을까 두렵고 무서웠다.

떼떼모에게 도움을 청하지 않은 것이 너무도 후회스러웠다. 약 삼십 분을 그렇게 헤매고 다녔다. 무서움과 두려움으로 가득한 마음으로는 숙소를 찾을 수 없을 것 같았다. 잠시 깜깜한 어둠 속에 멈춰 서서 두려운 마음을 진정시킨다. 멀리서 동네 개들이 미친 듯이 짖어댄다. 다시 여러 갈래 길을 헤매며 다녀보았지만, 우리 숙소가 보이지 않는다.

113

거의 새벽 4시가 가까워져 오자 사원 건물에 불이 켜지기 시작했다. 새벽 예불시간이다. 그때서야 조금씩 길이 보이기 시작했다. 다시 사원 안을 돌아다니다가 한 숙소 앞에 주차된 우리 차를 발견했다. 국제적 미아가 될 뻔했던 운명에서 해방되는 순간이었다. 안도의 숨을 몰아쉬며 조용히 침낭 속으로 들어갔다. 두려움 속에 떨었던 마음이 눈 녹듯 사라졌다. 침낭 속으로 머리까지 깊숙이 파묻고 새벽 단잠에 빠져들었다.

나는 새벽에 겪었던 악몽의 순간을 아무에게도 말하지 않았다.

라멘 한 그릇

일본의 철도회사에서 주관하는 JR패스를 구입하여 일본 배낭여행에 나섰다. 처음 여행지는 간사이 지방이다. 먼저 교토역에 가까운 숙소에 여장을 풀었다. 지하철·버스 일일 이용권을 구입하여 2,000곳이 넘는 사찰로 유명한 교토 시내 관광을 마치고 나라로 향했다. 나라에 있는 사슴 공원에서 이곳저곳을 산책하고 있는데 한 일본 청년이 다가와서 혼자 여행 중이냐고 묻는다. 이름은 이무 노리이다. 나고야에서 여행 온 청년건축가이다. 우린 함께 친구가 되어 나라 관광을 했다. 덕분에 일본 현지인들만 아는 식당에서 저녁도 먹고 사케도 한잔 나누었다. 다음 날도 교토에서 다시 만나 서로 여행 동반자가 되었다.

노리는 일본에서 개인적으로 영어 회화 지도를 받으려면 시간당 최소한 8만 원은 지불해야 한다고 하면서 나랑 영어연습한 대가로 점심 식사와 저녁을 모두 산다고 한다. 뜻밖에 로또에 당첨된 기분이다. 그렇게 우리는 사흘 동안 교토를 함께 여행했다. 헤어지기 전날 저녁에 노리는 일본 전통 라멘집으로 나를 초대했다. 협소한 공간이어서인지 벌써 빈자리가 없다. 그래서 라멘을 먹는 동안에 일행과 잡담하지 말고 서둘러 식사를 마치고 자리를 비워주어야 한단다. 대부분의 전통 식당에서는 외국어가 통하지 않기 때문에 할 말이 있으면 번역 앱이나 바디 랭귀지를 사용하는 방법밖에 없다고 한다. 그래서인지 현지인 이외에 외국 관광객은 보이지 않는다. 메뉴를 살펴보니 라멘 종류가 너무 많다: 미소, 소유, 쓰케멘, 시오, 돈코츠, 아부라소바, 이에케… 라멘 종류를 읽어주는 노리의 발음이 하나도 들리지 않는다. 어떤 라멘을 먹을지 선택은 노리에게 맡긴다.

한국에 돌아와서도 우리는 서로 이메일을 주고받았다. 독도 영유권에 대해 서로의 다른 견해차로 다투기도 하고 한국과 일본 문화에 대해 정보를 교환하면서 우정을 다져갔다. 어느 겨울날, 노리가 나를 나고야로 초대했다. 노리를 만나기 위해 비행기를 타고 태평양을 건너 날아갔다. 나고야 공항으로 마중 나온 노리와 재회의 기쁨을 나누었다. 우리는 한국에서부터 예약한 나고야의 어느 산꼭대기에 있는 유스 호스텔로 갔다. 나를 호텔까지 데려다 주고 노리는 떠났다. 숙박등록을 마치고 숙소에 여장을 풀었다. 유스 호스텔에 네 명이 함께 묶는 방을 예약했는데 투숙객은 나 혼자뿐이다. 아마 유스 호스텔 전체에 투숙객이 없는 것 같다. 목욕탕도 혼자 독차지하고 방도 혼자 쓰고 호텔 전체를 혼자 사용한 기분이다. 여유만만이다.

116

다음 날 노리는 나고야의 유명 관광지를 안내해주었다. 노리의 직업은 프리랜서 건축가이다. 젊었을 때 마음껏 여행하기 위해 한 직장에 얽매이고 싶지 않단다. 나는 다른 여행지를 며칠 동안 관광한 후 다시 나고야로 돌아왔다. 노리와 나는 전통 일본 식당에서 그동안 못다 한 이야기를 나누며 화려한 만찬을 즐겼다.

한국으로 떠나는 날, 나를 공항까지 데려가 주겠다던 노리가 약속 시간이 훨씬 지나도 오지 않았다. 나는 여행 가방을 들고 호텔 로비에서 노리가 나타나기를 애타게 기다렸다. 한참이 지난 후 택시를 부르려고 한 순간에 노리가 급히 달려왔다. 추운 겨울 날씨인데도 그의 얼굴은 땀으로 범벅이 되어 있다. 산꼭대기에 있는 유스 호스텔로 오는 길을 찾지 못해서 헤매다가 자동차를 멀리 주차해놓고 달려오는 중이란다. 늦은 이유를 설명하는 노리의 얼굴에 미안함과 당황한 마음이 잔뜩 묻어난다.

미리 연락만 했어도 혼자 공항으로 갈 수도 있었는데 나와의 약속을 지키기 위해 온 힘을 다해 달려와 준 노리를 보면서 마음이 애잔해졌다. 약속 시간을 맞추지 못해 초조해했을 그의 마음이 전해져 마음이 너무 짠했다. 땀을 닦아주며 살며시 안아주고 싶었지만 그렇게 하지 않았다. 내가 안아주면 노리가 나와의 이별을 더 아파할 것 같았다. 나를 떠나보내는 빈자리의 공허함을 홀로 남겨진 노리에게 주고 싶지 않았다. 그래서 젊은 친구를 끝내 안아주지 못했다.

노리와 공항에서 아쉬운 이별을 했다. 공항에서의 이별은 왠지 특별하게 느껴진다. 어쩌면 다음을 기약할 수 없는 작별이기 때문인지도 모른다. 노리는 손을 흔들며 창문 밖으로 아스라이 사라져 갔다.

꼬리가 짧은 개

약 오백 명의 스님들이 온종일 아비담마(경·율·론의 삼장 중에 논장)를 외우는 소리가 우인 사원에 가득하다. 밤이 되면 불을 끄고 낮에 외운 구절을 다 같이 큰 소리로 암송한다. 이것이 미얀마 스님들의 경전 공부 방법이란다. 미얀마에는 수행을 중점적으로 하는 수행 사원과 부처님의 가르침을 주로 공부하는 교학 사원으로 나누어진다. 우인 사원은 교학 사원이다.

우인 사원에 머물게 된 나는 시간이 날 때마다 사원 곳곳을 산책하면서 어린 스님들과 영어 연습도 하고 스님들 숙소도 방문하면서 시간을 보냈다. 사원에는 많은 야생 개들이 살고 있다. 사원에 사는 개들은 거리에 방치된 개들보다 훨씬 좋은 조건에 살고 있다. 집 없는 개들은 사원 개들 텃세 때문에 감히 사원 근처에 얼씬도 못 한다.

평소 동물을 좋아하던 나는 스스럼없이 개들에게 다가가서 머리를 쓰다듬어주곤 했다. 그날도 한가롭게 사원 주위를 산책하고 있는데 갑자기 개 한 마리가 나타나서 내 무릎 뒤를 세게 물었다. 그 개의 이름이 반도다. 금방 바지 위로 시뻘건 피가 배어 나왔다. 마침 옆에 있던 젊은 남자가 나를 급히 오토바이에 태워 동네 병원으로 데려갔다. 주사를 맞고 약을 받아 사원으로 돌아왔다. 그 후 일주일 동안 매일 주사를 맞으러 병원에 가야 했다.

미얀마 말로 반도는 꼬리가 짧다는 의미다. 자세히 보니 반도의 꼬리가 5cm도 안 되어 보인다. 그때 반도는 막 새끼를 낳았기 때문에 자기 새끼를 지키기 위해 극도로 예민한 상태였다고 한다. 사원의 터줏대감인 반도는 평소에 자주색 가사를 걸친 스님들과 미얀마 전통 치마인 론지를 입은 신도들만 보다가 서양식 바지를 입은 나를 보자 이방인으로 생각하고 달려들어 문 것이라고도 한다. 이 사건 후 주지스님은 미얀마 전통 옷을 세 벌이나 선물해주었다. 반도 덕분에 생긴 소소한 행복이다.

다음 날 한 스님이 커다란 과자 봉지를 들고 내 숙소로 찾아왔다. 반도에게 맛있는 간식을 주면서 잘 사귀어보라고 한다. 나는 과자를 양손에 들고 가서 개들에게 주었다. 물론 반도도 그 무리에서 과자를 맛있게 먹었다. 매일 그렇게 간식을 주곤 했다. 어느 날부터인가 내가 사원으로 나가자마자 벌떼들처럼 개들이 내 주위에 몰려들었다. 과자 달라고 아우성이다. 앞으로 걸어갈 수가 없다. 벌써 습관이 된 모양이다. 어림잡아 스무 마리가 넘는 개들이 달려들어 내가 가는 길을 막았다. 가까스로 다시 숙소로 돌아와 과자 봉지를 전부 들고 개들에게 가서 한꺼번에 다 쏟아부었다. 내가 간식 주는 사람이라는 인식을 지우기 위해 남은 과자를 한꺼번에 다 주었다.

기억은 사라져도 습관은 남는 법이다. 그러기에 개들에게 간식 먹는 습관을 길러 주고 싶지 않았다. 지속될 수 없는 막연한 희망을 주고 싶지 않았기 때문이다.

열등감이 낳은 기적

겨울방학 동안에 만달레이에 있는 우인 사원에서 머물면서 어린 스님들의 선생님들을 모아 영어를 가르쳤다. 대부분의 선생님들은 스리랑카에서 석사과정을 마친 스님들이다. 스리랑카에서 약 2년 동안 영어로 수업을 들었기 때문에 대화가 가능하다. 학위를 받고 미얀마로 돌아온 스님들은 외국인과 대화할 기회가 많지 않기 때문에 시간이 지날수록 영어를 잊어버린다. 그래서 나는 열 명 정도 되는 그 스님들에게 영어를 가르쳤다. 그중에 한 스님만이 스리랑카 유학 경험이 없었다. 담마 사미라는 법명을 가진 스물다섯 살의 젊은 빨리어 선생님이다. 담마 사미 스님은 내 강의를 듣는 동안에도 옆에 앉은 스님의 통역을 듣고서야 이해했다. 수업 시간 이외에도 그 스님은 내게 찾아와 영어 연습을 부탁했다. 물론 담마 사미 스님의 서투른 영어 때문에 거의 대화가 되지 않았다.

다음 해 겨울방학에 나는 다시 우인 사원으로 갔다. 지난해처럼 열 명의 선생님들을 위한 영어 강좌를 개설했다. 첫 수업 시간에 담마 사미 스님도 참석했다. 그런데 믿기 어려운 놀라운 일이 벌어졌다. 열 명의 스님들 중에 담마 사미 스님이 영어를 제일 잘한 것이다. 내 질문에 어려움 없이 대답도 하고 토론 시간에도 그 어느 스님보다 본인의 생각을 논리적으로 잘 표현했다.

나는 그 비결을 물었다. 담마 사미 스님은 지난해 내 영어 수업을 처음으로 들었을 때 본인의 영어 실력에 큰 충격을 받았다고 한다. 처음에는 스리랑카에서 공부하지 못했다는 열등 감과 가난 때문에 학업을 포기해야 했던 것이 수치스러웠다고 한다. 그러나 스님은 굳은 결심을 하고 일 년 동안 밤낮으로 영어 공부에 매진했다. 영어 뉴스를 듣고 문법을 익히고 외국인 여행자들과 회화 연습을 하고 강의도 들으면서 영어를 듣고 말할 수 있는 최적의 환경을 만들었다. 아예 숙소조차 컴퓨터실로 옮겨서 차가운 바닥에 담요 한 장을 깔고 생활하면서 언제든 인터넷을 통해 영어를 듣고 외우고 말하기 연습을 했다. 식사 시간마저도 아껴가면서 겨우 한두 시간을 자면서 초유의 노력을 영어 공부에만 쏟아부었다. 한번은 영양실조와 과로로 쓰러지기도 했다고 한다. 그렇게 일 년을 보내고 나니 꿈에서조차도 영어로 말했다고 한다. 한 인간의 믿기 힘든 놀라운 발전이다.

담마 사미 스님의 가능성을 발견한 나는 계속 더 높은 교육을 받을 수 있도록 절친한 친구와 함께 마음을 모아 스님에게 후원금을 전달했다. 우인 사원의 주지스님은 한 스님에게만 특혜를 주는 것은 편애라며 만류했지만 나는 담마 사미 스님의 꿈을 후원해주기로 굳게 마음먹었다. 매년 스님의 영어 실력은 상상을 초월했다. 나는 스님에게 스리랑카 유학을 권유했다. 다음 해 스님은 스리랑카 콜롬보로 유학을 떠났다. 가난한 가정 형편 때문에 만학도가 된 제자와 함께 나는 스님을 만나러 콜롬보로 갔다. 함께 준비한 유학 학자금을 전달하고 스님과 오랜만에 재회의 기쁨을 나누었다.

스리랑카에서 학위를 받고 미얀마로 돌아온 스님은 그 후로도 영어 공부를 게을리하지 않았다. 지구 환경에 남다른 관심을 가진 스님은 세계적인 환경 석학들의 논문을 섭렵하고 그 분야에 공부를 했다. 그런 스님에게 나는 영국 정부의 국비 장학금 제도가 있는지 영국 대사관에 문의해보라고 조언했다. 미얀마는 백 년 동안 영국의 식민지였다. 스님은 모든 가능성을 검토하면서 계획을 추진했다. 그때 나는 스님이 영국 유학을 준비할 수 있도록 소정의 후원금을 전달했다. 다행히도 런던에 있는 한 대학을 추천받아 국제 공인 영어능력 평가시험인 아이엘츠 시험에 도전했다. 스님은 거의 다섯 시간이 걸리는 초긴장의 시험을 무사히 마무리하고 런던의 대학에서 요구하는 성적을 받아 영국으로 향했다. 그 대학의 장학금은 학비와 생활비는 물론 여행비까지 주는 최고급 장학금이었다. 단시일 내에 좋은 아이엘츠 성적을 받기까지 죽을 만큼 피나는 노력을 했을 스님의 일상이 그려져 안쓰럽기까지 했다.

인간 능력의 한계는 가늠하기 어렵다. 인간이 느끼는 한계는 어쩌면 뇌가 만들어낸 허구일지도 모른다. 노력하는 사람에게는 한계를 뛰어넘는 강력한 능력이 창출되기도 한다. 한 연구 결과 인간의 뇌에는 생명 스위치라는 것이 있는데 이 스위치는 극한 상황에서 인간을 버티게 하고 생명이 위험한 순간에 탈출하게도 한다고 한다. 짧은 시간 안에 외국어를 습득하면서 경험하게 되는 어려움과 긴장 속에서도 담마 사미 스님이 보여준 놀라운 결과는 인간 능력의 한계를 조절하는 생명 스위치가 있었기 때문이 아니었을까?

영국 대학교의 장학금을 받기까지 스님이 보여준 결과는 열등감이 낳은 위대한 기적이다. 어떤 어려움 속에서도 포기하지 않고 희망과 용기를 잃지 않은 한 인간의 놀라운 승리이다.

시외버스 성추행

스님들과 함께 제2의 바간(만달레이 남쪽 미얀마 최고의 불교 성지)이라고 불리는 불탑의 도시 므라욱우 여행을 떠났다. 라카인주 싯트웨에 위치한 므라욱우는 미얀마에서 가장 빈곤한 지역이며 종교분쟁이 끊이지 않아서 미얀마 사람들조차도 여행을 꺼리는 지역이다. 한국 정부는 이 지역에 대해 특별여행경보를 내렸다. 므라욱우는 수입한 낡은 중고 시외버스를 타고 하루를 달려야 닿을 수 있는 곳이다. 만달레이 터미널에 도착하자 한국에서 수입한 낡은 유치원 버스와 시골 마을버스에 적힌 우리말이 유난히 크게 보인다.

동행한 스님들이 외국인인 나를 배려하여 버스 두 좌석을 사서 편하게 장시간의 여행을 할 수 있게 해주었다. 미얀마 시외버스는 통로에 설치된 접이식 간이 의자에도 사람이 앉는다. 양쪽 두 좌석과 가운데 한 좌석을 합해 한 열에 다섯 사람이 앉는다. 빈 좌석은 하나도 없다. 워낙 장거리다 보니 운전기사 두 명이 교대해가며 운전한다.

깊은 밤 산을 넘어 달리는 버스 안으로 뼛속을 파고드는 찬바람이 스며든다. 창문 틈새로 들어오는 바람 때문에 창가 쪽 좌석에 앉지 못하고 통로 쪽 좌석에 앉았다. 가운데 간이의자에 앉은 미얀마 남자가 자꾸 몸을 내 쪽으로 기운다. 졸고 있지도 않으면서 슬그머니 몸을 나에게 기댄다. 몸을 밀어내고 또 밀어내도 계속 기댄다. 몇 번이고 밀쳐내면서 무언의 경고를 보냈지만 은근슬쩍 다시 몸을 기댄다. 옆으로 몸을 피하면 다시 내 쪽으로 다가온다. 더 이상 참을 수 없어 내 앞자리의 손잡이를 잡고 있는 남자의 팔을 세게 후려쳤다. 뭐 하는 짓이냐고 영어로 호통을 치자 깜짝 놀라 어쩔 줄 몰라 한다. 미얀마 전통 의상을 입은 나를 미얀마 여자로 오인한 모양이다. 버스 안에서 당한 미얀마식 성추행이다. 옆 좌석에서 잠들어 있던 스님들이 놀라 잠에서 깨어나 나를 보면서 야릇한 미소를 짓는다. 그리고 내가 잘했다는 듯이 엄지 척을 보인다.

꼬박 하루를 달려 새벽 3시경 므라욱우에 도착했다. 눈을 떠도 눈을 감아도 보이지 않는 것은 마찬가지다. 어디에도 가로등이나 불빛은 보이지 않는다. 칠흑 같은 어둠을 뚫고 잠시라도 쉴 곳을 찾아야 했다. 그때 므라욱우 현지 사람이라는 승객 한 명이 다가와 근처에 사원이 있으니 찾아가 보라고 한다. 우리는 아무것도 볼 수 없는 눈뜬장님이 되어 어둠을 뚫고 그 사원을 찾아갔다. 다행히 인자한 주지스님이 흔쾌히 우리가 여행을 마칠 때까지 사원에 머물 수 있도록 허락했다.

우리는 주지스님이 기거하는 작은 법당에 여행 동료인 세 명의 스님들은 창가 쪽으로, 주지스님은 부처님 앞자리로, 나에게는 주지스님 옆 창가 쪽에 잠자리를 마련해주었다. 스님들은 피곤했는지 새벽잠에 빠져있다. 나는 조용히 일어나 근처 마을로 산책을 나갔다. 아직 7시도 안 되었는데 허름한 창고 같은 학교에서 학생들과 선생님들이 노래와 춤 연습을 하고 있다. 창밖에서 지켜보고 있는 나를 발견한 한 선생님이 들어오라고 손짓한다. 나는 낯선 방청객이 되어 초등학생들의 춤을 감상했다. 한 선생님이 녹차와 케이크를 대접해준다. 따뜻한 한 잔의 차 속에 시골 마을의 정겹고 소박한 정이 고스란히 담겨 있다.

므라욱우는 어디를 가나 고색창연한 불탑과 부처님상이 즐비하다. 아직도 발굴되지 않은 수천 점의 불탑이 산속에 묻혀있다고 한다. 많은 탑들은 이미 훼손되고 보수되지 않아 무너지고 있다. 우리는 주지스님의 제자인 사미승과 함께 므라욱우의 숨은 명소를 둘러보았다. 아수바 명상*을 하는 한 사찰에서는 사람의 시신을 걸어놓고 썩고 부르트고 말라비틀어져 가는 과정을 지켜봄으로써 무상과 고와 무아를 철저히 관찰한다고 한다. 지금은 뼈만 앙상하게 남은 해골이 걸려있다. 이곳에서는 어디를 가나 불탑을 볼 수 있고 어디를 가나 자주색 가사를 두른 스님들을 볼 수 있다.

사미승을 포함하여 네 명의 스님들 보호를 받으며 므라욱 우의 긴 역사를 느낀 하루도 어느덧 저물어간다. 사원으로 돌아와 촛불을 밝히고 스님들과 찻잔을 기울인다. 어둠이 짙게 깔린다. 낯선 사원에서의 마지막 밤이 깊어간다. 새벽 3시 30분, 벌써 주지스님은 부처님 앞에 기도드리고 있다. 기도를 마친 스님이 내가 깬 것을 알아채고 커피 마시겠냐고 제스처를 보낸다. 고개를 끄덕이자 말없이 커피를 타서 내게 내민다. 그리고 스님과 나는 달빛을 등불 삼아 어둠 속에서 커피를 마시며 묵언의 대화를 나눈다.

후덕한 주지스님과 사흘 밤을 보내고 호텔에서 묵을 방값을 부처님 앞에 기부하고 룰루랄라 신나는 마음으로 므라욱우와 작별 인사를 했다. 그리고 왔던 길을 똑같이 되돌아갔다. 그 후 며칠을 꼼짝 못 하고 누워 있어야 했다. 나이는 그 누구도 비껴갈 수 없나 보다. 시간 앞에 장사 없고 그 누구도 시간을 이길 수 없다.

* 아수바 명상: 혐오스러움에 대한 명상. 시체가 부패하는 과정을 통해 무상을 인식함으로써 그것이 고통이고 결국 나라고 할 것이 아무것도 없음을 깨달아 무아를 통찰하기 위한 명상

생쥐와 동침한 미찌나

낡은 시외버스를 타고 만달레이에서 비포장도로를 열여섯 시간 동안 달려야 도착하는 미찌나는 미얀마 최북단의 카친주에 속하며 중국과 국경이 맞닿은 곳이다. 아마도 미얀마에서 가장 낙후되고 가난한 곳인 것 같다. 89%가 불교도라는 미얀마인데도 미찌나에서는 집집마다 세워둔 십자가를 쉽게 볼 수 있다. 가난 때문에 굶주린 자식들을 도처 사원에 보내야 하는 부모들은 먹을 것을 얻기 위해 기독교로 개종한다고 한다. 굶주림 앞에 무릎 꿇지 않는 사람은 없는 듯하다.

동행한 두 명의 스님과 나는 초라하고 오래된 한 사원에서 지내기로 했다. 내가 배정받은 곳은 방이라기보다 헛간 같은 곳이다. 다행히 모기장이 있어서 모기들에게 강제 헌혈은 피할 수 있었다. 그런데 깊은 밤이 되자 추위를 피해 엉성한 창문 틈으로 생쥐가 들어와 소리를 낸다. 당장 불을 켜고 소리가 나는 곳을 살폈다. 아무것도 보이지 않는다. 다시 불을 끄고 잠을 자려고 하는 순간 생쥐 한 마리가 모기장 밑으로 들어와 내 발가락을 문다. 소스라치게 놀라 방 밖으로 뛰쳐나왔다. 다른 방에서 자고 있던 여행 동반자 스님들도 놀라 뛰어나왔다.

결국 스님들이 자던 방 한 귀퉁이에 모기장을 치고 자기로 했다. 밤이 깊어지자 이 방에서도 쥐 울음소리가 들린다. 잠이 안 온다. 잠 못 이루고 뒤척이고 있는데 생쥐 한 마리가 또 모기장 속으로 슬그머니 들어와 발가락을 문다. 순간 또 벌떡 일어나 불을 켰다. 그 와중에도 두 스님들은 모기장도 치지 않은 채 깊은 잠에 빠져 있다. 나는 더 이상 잠자기를 포기하고 호흡 관찰 명상을 하기로 한다. 생쥐 울음소리를 명상 음악으로 즐기며.

저녁 내내 추위와 생쥐 울음소리와 씨름하며 밤을 꼬박 새웠다. 난방 시설이 전혀 없는 미찌나의 밤은 만달레이의 밤보다 훨씬 더 춥고 길다. 어슴푸레 동이 트자 몸을 움직여 추위를 이기기 위해 밖으로 나왔다. 새벽녘 언 손을 불며 몇 명의 동자 스님들이 모닥불 가에 앉아 있다. 처음 본 이방인의 출현에 수줍어하며 나를 뚫어지게 쳐다본다. 동자 스님들의 머리에는 부스럼 꽃이 허옇게 피어 있다. 콧물을 줄줄 흘리면서도 뭐가 그리 좋은지 연방 깔깔대며 웃어댄다. 엄마 치마폭에 안겨 응석 부릴 나이의 동자승들이다. 새벽 4시 부처님 앞에 예경을 올리며 꾸벅꾸벅 졸고 있는 천진난만한 아이들이다. 그 아이들의 마음속에 해맑은 미소 떠나지 않기를 빌어본다. 그 해맑은 미소 속에 진정으로 부처님을 향한 지극한 마음이 깃든 스님의 모습을 그려본다.

미찌나 여행을 마치고 만달레이까지 가기 위해 스물다섯 시간 동안 낡은 완행열차를 타야 했다. 열차는 금방이라도 멈춰버릴 것 같은 오래된 기차다. 적어도 백 년은 되어 보인다. 의자 시트가 너무 더럽다. 승무원에게 시트가 깨끗하지 않다고 말하자 금방 새 시트로 갈아준다. 아무런 안내 방송도 없이 한 시간 이상 정차하다가 말없이 슬금슬금 출발한다. 딱딱한 나무 의자가 나를 괴롭힌다. 도착하는 역마다 머리 위에 바구니를 인 시골 아낙네들이 과일이며 주전부리를 사달라고 창문을 두드린다. 열차 안에서 점심을 먹고 저녁을 먹고 그리고 아침을 먹는다. 가도 가도 끝이 보일 것 같지 않은 길고 지루한 여행이다.

드디어 점심시간이 될 무렵 만달레이역에 도착했다. 흙먼지가 자욱한 도시다. 큰 가로수 잎에도 흙먼지가 수북하다. 스님들과 젊은이들에게 인기가 많은 서양식 프라이드치킨 체인점으로 점심을 먹으러 갔다. 미얀마에서 즐기는 미국식 닭고기 튀김! 이 체인점의 창업 스토리, '아무리 절망적이어도 희망을 놓지 말라'라는 문구와 위로하듯 미소 짓고 있는 흰 수염의 서양 할아버지 간판이 우리를 반긴다. 긴 여행에 지친 심신을 닭고기로 위로한다.

미얀마는 1960년대의 낙후된 삶과 21세기의 최첨단 과학이 공존하는 곳이다. 누군가는 5G 스마트폰을 쓰고 세단 자가용을 타고 에어컨이 추울 정도로 돌아가는 저택에서 다섯 명이나 되는 하인을 두고 산다. 누군가는 삼등 완행열차를 타고 팔지 못하고 남은 음식을 먹으며 소달구지를 타고 전기도 들어오지 않은 집에서 생쥐와 동침한다. 어떻게 이 양극의 균형을 조화롭게 헤쳐나갈지, 이것이 21세기 미얀마의 화두다.

한국 연예인

미얀마 북쪽 카친주에 있는 호수, 인도지 한 가운데 떠 있는 쉐미쯔 사원을 찾아 떠났다. 스님 다섯 분과 기사 두 사람, 나를 보살펴줄 젊은 여자 마누엣을 포함하여 모두 아홉 사람이 자동차 두 대에 나눠 타고 쉐미쯔로 향한다. 비포장도로에 표지판도 없고 휴게소도 없다. 차가 지날 때마다 황토색 먼지가 자욱하다. 자동차 유리가 금방 황토색 먼지에 쌓여 앞이 안 보인다. 화장실에 가고 싶으면 아무 곳에나 내리면 그곳이 화장실이 된다. 며칠 전 폭우가 내려서 길이 없어진 곳도 있다. 산사태가 나서 돌 더미가 길을 막고 있어서 모두 차에서 내려 돌을 치우고 길이 생기면 지나간다.

그렇게 하루를 달리다가 차 한 대가 고장 났다. 미얀마 기사들은 다들 차를 고칠 줄 안다. 차를 고치는 동안 우리는 근처 마을 산책을 했다. 길거리의 초라한 가게 아주머니가 나를 보더니 수박을 먹고 가라고 손짓한다. 나는 마누엣과 가게에 앉아 수박을 먹고 어린 아기와 장난치며 시간을 보냈다. 해가 지고 어둠이 찾아왔는데도 차를 고치지 못했다. 우리는 동네 사원에 들러 간단하게 저녁 식사를 해결하고 모닥불을 쬐며 추위를 달랬다.

밤 9시가 다 되어 차를 고쳤다. 그런데 칠흑 같은 어둠 속에서 하룻밤 묵을 주지스님 친구의 사원을 찾을 수가 없었다. 급기야 전화를 해서 그쪽 주지스님 차가 우리 차를 인도해주어서 겨우 사원에 도착할 수 있었다. 다음 날 만달레이에서 큰스님이 오셨다는 소식을 듣고 동네 사람들이 모여들었다. 큰 법당에 마을 사람들이 가득하다. 큰스님은 법문을 마친 후 나를 대중 앞에 앉혀놓고 미국에서 공부했던 경험담을 말해달라고 한다. 내가 영어로 말하면 한 스님이 미얀마어로 통역을 했다. 그리고 모든 내용을 비디오로 찍었다. 한국 드라마에서만 보았던 한국 사람을 직접 보니 너무 신기하단다. 다들 나를 뚫어지라 쳐다보며 내가 연예인만큼 예쁘다고 한다. 이것이 내가 미얀마 사람들을 사랑하는 이유다. 거짓말이라도 듣기 좋다. 천만번 들어도 또 듣고 싶은 말, 예쁘다.

스님들은 새벽예불을 드리기 위해 4시 전에 모두 기상한다. 어둠 속에서 아침을 먹고 해가 뜨기도 전에 인도지를 향해 출발했다. 친구분 사원의 스님 다섯 분이 우리 일행과 합류했다. 배를 타고 인도지에 살고 있는 갈매기 떼들에게 모이를 던져주며 드디어 호수에 떠 있는 쉐미쯔 사원에 도착했다. 쉐미

쓰는 인도지 사람들의 정신적인 불탑이라고 한다. 호수 한가운데 아스라이 떠 있는 사원의 아름다움과 경이로움에 절로 숙연해진다. 우리 모두는 부처님께 삼배를 올리고 잠시 깊은 명상의 시간을 가졌다. 장시간 여정으로 인한 피로감이 한순간에 사라진 듯했다.

미얀마에서는 매일 새로운 사람들을 만난다. 새로운 스님들을 만나고 새로운 후원자들을 만나고 새로운 신도들을 만난다. 낯설기만 했던 그들이 어느새 내 나라 사람들처럼 편하게 느껴진다. 이런 느낌이 내 맘속에 깃들자 아무도 나를 외국인으로 보지 않는다. 어느새 미얀마 여자의 분위기가 나는 모양이다. 물어보지도 않고 당연히 미얀마 여자라고 생각한다. 그래서 주지스님은 여자인 나를 데리고 다닐 때마다 애써 한국사람이라고 설명한다.

사람은 새로운 환경에 오래 살면 느낌도 분위기도 현지인을 닮아가는 것 같다. 외국인은 비싼 입장료를 내야 하는 사원에 들어갈 때도 나를 미얀마 여자로 오인하여 입장료를 내지 않아 좋다. 그러나 외국인으로서 특별한 대우를 더 이상 받지 못하는 아쉬움도 있다. 내국인은 들어갈 수 없는 국제학술대회에 참석할 때도 나는 가끔 저지를 받는다. 그래도 그동안 외국인으로서 특혜를 많이 누린 것으로 만족하기로 한다.

히말라야의 섹시 비키니

　해발 고도 2,900m나 되는 다람살라의 트리운드를 트레킹하는 날이다. 자동차가 다닐 수 있도록 포장된 곳까지 택시를 타고 간 후에 약 세 시간 동안 가파른 산길을 등산하는 여정이다. 힘든 산행을 해야 한다는 마음의 부담을 내려놓고 한 걸음씩 묵묵히 걷기로 한다.

　가파른 바위를 지나고 비탈길을 넘어 점점 산을 거슬러 올라가는데 갑자기 훈훈한 지열이 올라온다. 넓은 바위 위에 올라선다. 순간 걷잡을 수 없는 울음이 터져 나왔다. 이유도 없이 한동안 통곡하면서 길 가던 사람들의 시선을 피할 수 없었다. 울음을 그치고 다시 산을 올라가면서 거대한 고목 앞에 멈춰 섰다. 마치 살아 숨 쉬는 것만 같다. 거대한 고목의 숨소리가 들리는 것만 같다. 저 아래로는 다람살라와 인도의 작은 티베트, 맥로드간즈의 모습이 한눈에 펼쳐진다. 깊은 산골 마을 집집마다 아침을 준비하는 연기가 하늘을 메운다. 힘겹게 한 발한 발을 내디디면서 마음이 고요해지자 온갖 생명체들의 신음

137

소리가 들리는 듯했다. 어쩌면 우리는 끊임없이 행복만을 추구하며 불행을 피하고자 연연해하며 그 집착 때문에 아파하고 있는지도 모르겠다.

트리운드 정상은 마치 말 잔등처럼 넓은 평지가 펼쳐졌다. 초록색 초지 앞에 웅장한 히말라야산맥이 우뚝 서 있다. 인드라하라 산이다. 하얀 설산이다. 장엄한 대자연의 신비 앞에 할 말을 잃는다. 거대한 설산이 내 품에 안긴다. 햇빛을 받아 빛나고 있는 설산은 아름답기보다는 숭고하고 성스럽게 보인다.

산 정상에는 조그마한 산장 하나와 초라한 간이매점 세 곳이 있다. 공중화장실도 수돗물도 전기도 없다. 매점에는 티베트 사람들이 간단한 음료수와 과자, 짜이(우유를 넣은 차)를 팔고 있다. 한쪽에는 섹시한 비키니 수영복을 입은 서양인들이 짝을 지어 선탠을 즐기고 있다. 아슬아슬한 비키니를 입고 양팔을 활짝 펴고 누워있는 서양 여자들에게 나도 모르게 자꾸 눈길이 간다. 플로리다의 한 누드 해변이 생각난다. 사랑의 정열을 억제하지 못하고 열렬한 키스를 퍼부어대는 연인들도 보인다. 책을 읽는 사람들, 명상하는 사람들, 태양에 피부를 그을리고 있는 사람들, 얘기를 나누고 있는 사람들로 트리운드의 나른한 오후가 분주하다.

카페 주인이 빌려준 담요를 깔고 앉아 눈을 감는다. 알아들을 수 없는 사람들의 말소리가 자장가처럼 들린다. 싱그러운 바람결 코끝을 간질이고, 등 뒤에 내리쬐는 따스한 햇볕이 낮잠을 부른다.

다람살라는 내 몸에 쌓인 모든 아픔과 집착과 번뇌의 덩어리를 말끔히 씻어주는 땅인 것만 같다. 서러움에 지친 고단한 영혼마저도 치유해줄 것만 같다. 간이매점 주인 남자와 트리운드에 관해 이야기를 나누며 끓여준 따뜻한 짜이로 몸의 피로를 잠시 녹이고 다시 세 시간을 내려와 일본 식당에서 저녁을 먹었다. 이 식당은 수익금의 전부를 티베트 난민을 위한 기금으로 사용한다고 한다.

세상에는 나쁜 사람들보다 좋은 일을 하는 아름다운 사람들이 훨씬 더 많다. 불행한 일보다 행복한 일이 더 많은 곳이 세상이다. 아픔보다 기쁨이 훨씬 더 많은 곳이 우리 인생이다. 어쩌면 행복을 만드는 것도 불행을 만드는 것도 나 자신인 것 같다. 세상에 행복한 것들이 너무 많은 데도 그것을 행복이라고 알지 못하면 그 행복은 행복이 아니다. 그래서 행복은 행복하다고 느끼는 사람들만의 것이다.

쓰레기통 도시락

어제와 다른 아침, 또 다른 새로운 하루가 밝았다. 커튼을 젖히자 어제보다 더 청명한 아침이 나를 반긴다. 침엽수림 사이로 이제 막 피어오른 여명이 붉게 빛나고 있다. 이른 아침부터 자가발전용 모터 돌아가는 소리가 요란하다. 전력이 모자라는 인도에서는 하룻밤에 몇 번이나 전등이 나간다. 새벽마다 개들이 쓰레기통을 뒤지고 또 한편에서는 사람들이 먹을 것을 찾으려고 쓰레기통을 뒤진다. 소들도 어슬렁거리며 거리에 쌓아놓은 채소 더미를 뒤집으며 먹을 것을 찾고 있다. 인도에서 쓰레기통은 살아 있는 모든 존재들의 도시락이다.

까마귀가 유난히 많은 땅, 도로에는 자동차보다 소가 우선인 땅, 일체의 생명을 죽이지 않기 때문에 파리마저도 느릿느릿 기어다니는 땅이 인도다. 한쪽에는 쓰레기를 태우고 있는 사람들의 모습이 보인다. 작은 바구니에 티베트 빵을 만들어 팔고 있는 아주머니, 짜이를 끓이고 있는 남루한 옷차림의 할아버지, 이제 막 하루 장사를 할 채소를 다듬고 있는 부지런한 아저씨, 다람살라의 아침은 분주한 사람들로 이제 막 깨어나고 있다. 할아버지가 운영하는 작은 식당에서 짜이 한 잔과 짜파티(발효시키지 않은 통밀가루 반죽을 둥근 모양으로 넓게 펴서 화덕에 구운 것) 한 장으로 아침의 허기를 때운다.

달라이라마 스님의 법문이 열리는 남갈 사원에 입장하기 위해서는 삼엄한 보안 검사를 받아야 한다. 몇 명의 젊은 티베트 사람들이 몸수색은 물론 가방 수색까지 철저하게 한 후에야 입장을 허락한다. 한국인들을 위한 법문이기 때문에 한국 사람들이 우선 법당에 들어갈 수 있다. 덕분에 가까이에서 달라이라마 스님을 접견할 수 있었다.

중국의 눈을 피해 죽음을 무릅쓰고 법문을 듣고자 다람살라까지 온 티베트 사람들이 내 옆에 앉았다. 새우잠을 잤는지 머리도 헝클어지고 냄새도 심하게 난다. 감기까지 걸렸는지 코를 훌쩍이면서도 열심히 스님의 말씀을 적는다. 말없이 목 캔디와 티슈를 전해주는 나를 물끄러미 바라보다가 감사의 미소를 지으며 호의를 받아들인다. 티슈 한 장을 꺼내서 반으로 접어 잘라서 콧물을 훔친다. 티슈 한 장도 다 쓰지 못하고 반으로 잘라 나머지 부분을 곱게 접어 다시 넣는다. 법문이 끝나면 그들은 다시 중국의 눈을 피해 옛 티베트 땅으로 돌아가야 한다. 그들의 모습에서 잃어버린 조국 티베트의 눈물이 보인다.

돌아갈 내 나라가 있다는 것, 반겨줄 가족이 있다는 것, 내 나라말로 마음껏 말할 수 있다는 것, 이것이 우리를 견디고 버텨서 끝까지 살아남게 해준 고국의 힘이다.

전기담요 쓰지 마세요!

한가롭게 다람살라 시내 구경도 하고 얼큰한 수제비 같은 뗌뚝, 뚝바(칼국수), 모모(티베트식 만두) 등의 티베트 음식을 즐기면서 한나절을 보냈다. 골목길을 다니면서 티베트 순대도 사먹고 볶은 땅콩도 사 먹는다. 아무것도 가미되지 않은 플레인 요구르트의 맛은 연두부처럼 깔끔하고 부드럽다. 옴 마니 반메 훔이라고 새겨진 코라(돌다의 의미)를 돌리고 현재 달라이라마 스님이 거주하고 있다는 쭐라캉(궁전)을 둘러본다. 이곳에서는 지극한 불심을 담아 진언을 외우는 티베트 난민들의 모습과 노스님의 모습을 어디서든 쉽게 만날 수 있다.

오후가 되자 국립은행에 환전을 하러 갔다. 줄을 선다는 개념이 없는 인도인들이 창구에 붙어 서로 먼저 하려고 아우성이다. 은행 직원이 내가 외국인이라는 것을 알아챘는지 먼저 해주겠다며 창구 안으로 들어오라고 손짓한다. 나는 인도인들을 밀치고 창구 안으로 들어갔다. 마치 영어 회화 연습이라도 해보려는 듯 중요하지도 않은 질문을 계속해댄다. 부하 직원에게 차를 끓여오라고 해서 나에게 권한다. 인도는 권력을 가진 사람 마음대로 어떤 상황이 바뀔 수 있는 그런 나라인 것 같다. 그래도 기다리던 사람들은 아무 불평도 하지 않는다. 그저 묵묵히 지켜볼 뿐이다.

다람살라는 낮과 밤의 기온 차가 현저하다. 낮에는 영상 15도 정도 되는데 밤에는 영하로 내려간다. 어깨 위로 파고드는 매서운 냉기에 옷을 입은 채로 침대와 한 몸이 된다. 주머니에 깊숙이 손을 숨겨도 춥다. 이불로 몸을 감싸도 춥다. 싸늘한 냉기가 온몸에 스며든다. 거의 뜬눈으로 또 하룻밤을 새운다. 옆 방 친구가 이렇게 추운데도 한국에서 가져온 전기담요를 쓰지 못하는 나를 겁쟁이라고 놀린다. 이곳에 도착한 첫날 밤 너무 추워서 전기담요를 쓰고 있는데 게스트하우스 주인 여자가 와서 전기료가 너무 비싸니 쓰지 말아 달라고 부탁했다. 하룻밤 전기담요를 쓰면 게스트하우스 전체가 한 달 동안 쓰는 만큼의 전기료를 내야 한다고 설명했다. 나는 전기담요를 쓰지 않겠다고 약속했기 때문에 쓰면 안 된다고 친구에게 말했다. 그 친구는 나를 겁쟁이라고 계속 놀려댄다. 밤에 몰래 쓰면 아무도 모른다고 부추긴다. 그러나 아무리 추워도 약속은 반드시 지켜야 한다고 강력히 반박했다.

긴 겨울밤 내내 몸을 웅크리고 있다가 마침내 새벽이 찾아왔다. 아침 일찍 남갈 사원의 한 스님에게 전기담요를 보시

하고 대신에 툼모라는 수행법을 배웠다. 툼모는 단전에서 불을 일으켜 지혜의 기운을 흐르게 하는 수행이지만 몸을 따뜻하게 유지해준다고 한다. 스님이 알려준 대로 나무 침상에 똑바로 누워 배꼽 아래 단전에 마음을 모으고 불의 기운을 일으키려고 관상한다. 차츰 몸에 열기가 느껴진다.

마음은 세상에서 가장 오묘한 것이다. 그 깊이와 파장을 헤아릴 수 없다.

신에게 버림받은 사람들

인도는 카스트 제도와 카스트에도 끼지 못하는 불가촉천민으로 불린 달리트로 모든 사람을 서열화한 나라이다. 카스트 계급인 브라만(승려), 크샤트리아(왕이나 귀족), 바이샤(상인), 수드라(노예, 천민) 중에 최하층의 수드라에도 속하지 못한 인간 이하의 계층이 달리트이다. 그들은 신마저도 버린 천한 사람들이라고 한다. 오물을 치우거나 시체를 수습하는 가장 힘들고 더러운 일을 도맡아 하는 사람들이다. 다른 계급들과 같은 우물을 쓸 수 없기 때문에 누구보다 아침 일찍 일어나 우물을 길러야 하고, 불가촉천민의 폐지가 헌법으로 지정되기 전까지 침이 땅을 더럽히지 않도록 목에 침을 담는 그릇을 걸고 다니며, 자신의 발자국을 더럽다 여기며 길에 흔적을 남기지 않기 위해 허리에 빗자루를 달고 다녀야 했다고 한다. 그래도 자신의 처지를 불평 없이 숙명처럼 고스란히 받아들일 수밖에 없는 사람들이 사는 땅! 그곳이 인도다.

대부분의 도시는 열 발자국 앞도 보이지 않을 정도로 미세

먼지와 공해로 자욱한 회색 도시다. 하늘을 잃어버렸다. 얼굴을 닦자 검은 재가 묻어난다. 콧속도 시꺼멓다. 벌써 목이 아프다. 그래서인지 인도인들의 평균수명은 아주 짧다고 한다. 신호등도 없는 거리에서 온갖 탈것들이 한데 엉겨 요란하게 경적을 울리면서 곡예를 하고 있다.

한 경찰이 다가와 의자에 앉아 있는 사람에게 일어나라 명령한다. 그 경찰이 남의 자리를 빼앗아 앉아도 아무런 저항도 하지 않는다. 옆 사람까지 일어나게 하고 나를 그 자리에 앉혀도 순순히 복종한다. 천민들은 아무런 잘못 없이 뺨을 맞아도 그대로 맞을 수밖에 없다. 몇 프로 안 되는 부자들이 인도 전체를 장악하고 있는 나라. 그런 인도가 저 땅끝에서 나를 부르고 있었다.

겉으로 보기에는 마치 신으로부터 저주받은 땅 같다. 소가 끄는 달구지에 미사일을 싣고 옮길 만큼 낙후된 곳이 인도다. 그러나 무한한 가능성이 깃들어 있는 땅이기도 하다. 내게 느껴지는 인도는 정직하고 친절하고 인간의 정이 가득 담긴 소박한 곳이었다. 깊고 순박한 그들의 눈빛에 빨려 들어갈 것만 같은 강한 시선을 가진 인도인들, 부처님 같은 온화한 미소가 가득한 사람들이 사는 곳이 인도다.

길 가던 꼬마 녀석들이 내게 다가와, "What's your name?"

(이름이 뭐예요?) 하며 영어연습을 하고 싶다고 모여든다. 어쩌다가 내가 길이라도 물어보면 가던 길을 멈추고 모여들어 제각기 다른 길을 알려준다. 제대로 알지도 못하면서 틀린 길을 열심히 설명해주는 그들을 보면서 절로 웃음이 나온다.

외국인인 나와 사진 찍고 싶다고 우르르 몰려드는 아이들, 사진 찍은 후 내 주머니에 넣어둔 물건이 순식간에 사라졌다. 기차에서 내가 앉은 자리 주위를 깨끗이 청소해준 꼬마에게 5루피를 주자 그 돈을 받지 못하고 나만 쳐다보았던 남자아이. 5루피는 그 아이에게 너무 많은 액수였다. 식사비가 30루피였는데 50전 짜리 동전을 주고 20루피 거슬러 달라고 요구했던 나를 어이없다는 듯이 바라보았던 그 웨이터의 눈빛. 나는 인도에서의 어느 한순간도 잊을 수 없다.

시도 때도 없이 나를 울게 만들었던 땅. 가는 곳마다 나를 통곡하게 만들었던 땅. 길을 가다가도 하염없이 흐르는 눈물을 멈출 수 없었던 땅 인도! 그 눈물 속에 삶의 모든 아픔과 고뇌마저도 녹아내린 땅. 그런 인도는 지금도 내 가슴 속에 아련한 그리움처럼 한 장의 추억여행으로 남아 있다.

인도로 가는 길, 나마스테!

기부 챌린지

남인도의 마이소르를 여행하다가 한 티베트 스님을 만났다. 고등학교 2학년이라는 째팩 곤포 스님은 어린 학생이라기보다는 건장한 청년이다. 유창한 영어 실력으로 나에게 다가와 사원 곳곳을 소개해주겠다고 한다. 곤포 스님은 그 후 매일 내 숙소로 찾아와 근처 여행지도 안내해주고 스님이 살고 있는 사원으로 데려가 따뜻한 차도 대접해주고 공부하는 방도 보여준다. 미래에 대한 확신과 꿈을 가진 듬직한 스님이다. 사막이 아름다운 것은 어딘가에 샘물을 감추고 있기 때문이다. (『어린 왕자』의 독백 중에서) 사람이 아름다운 것은 마음 어딘가에 꿈이 있기 때문이다. 당당하고 구김 없는 스님의 눈빛에서 티베트의 밝은 미래가 보인다.

많은 티베트 스님들은 외국으로부터 후원을 받아 학업을 이어가고 있다고 한다. 우리가 조금 친숙해지자 째팩 곤포 스님이 나에게 후원자가 되어줄 수 있는지 조심스럽게 묻는다. 나는 먼저 그 후원금이 내가 감당할 수 있는 액수인지 물어보

앗다. 자세한 상황을 들은 후 일 년에 한 번 공부에 필요한 학비와 생활비를 후원하기로 약속했다. 한국으로 돌아와 후원에 뜻이 있는 친구와 함께 스님이 고등학교와 대학교를 졸업할 때까지 매년 후원금을 보냈다.

대학교를 졸업한 스님이 하루는 이메일을 보내왔다. 동료 스님이 실명 위기에 처해 있는데 수술비를 마련하지 못해 급히 내 도움이 필요하다는 내용이었다. 갑작스럽게 큰돈을 마련할 수 없는 나는 한동안 고민에 빠졌다. 고심하고 있던 나에게 성인을 대상으로 영어 회화를 가르치고 있는 선배가 수업 시간에 직접 와서 모금을 해보라고 제의했다. 나는 수술비 모금에 성인 학생들의 참여를 이끌어내기 위해 소박한 간식거리를 사들고 강의실로 갔다. 마음을 가다듬고 기도하는 마음으로 실명 위기에 처한 티베트 스님의 딱한 상황을 설명했다. 뜻밖에 많은 학생들이 내 뜻에 공감하고 모금에 동참했다. 수술비의 반을 모금액으로 충당하고 모자라는 나머지 금액을 더해서 티베트 스님에게 송금했다. 성공적으로 수술을 받은 스님은 다시 세상의 빛을 보게 되었다.

티베트의 이름 모를 한 스님은 한국 사람들의 따스한 기부 덕분에 실명의 위기를 빛으로 바꿀 수 있었다. 그분들의 기부는 각박하고 메마른 세상에 한 줄기 빛이 되었다. 이번 모금을 계기로 빛을 잃어가는 많은 사람에게 힘이 되고 밝은 희망

의 빛을 선물할 수 있는 기부 챌린지로 계속 이어지기를 진심
으로 바란다. 아름다운 마음이 나비효과 되어 긍정적인 결과로
거듭나기를 희망한다.

오만 원의 여왕 대접

마이소르에서부터 델리까지 53시간 동안의 기차 여행을 하면서 새해를 맞이했다. 승객들에게서도 주변 풍경에서도 새해의 느낌이라고는 전혀 찾아볼 수 없다. 차창 밖으로 보이는 사람들의 삶이 동물의 삶과 별로 다를 바가 없어 보인다. 곧 허물어질 것만 같은 집이나 텐트 안에서 나와 철길에 버려진 쓰레기를 줍는 사람들이 보인다. 거적을 뒤집어쓰고 웅크리고 자고 있는 사람들도 보인다. 이른 아침 숲속 여기저기에 쪼그리고 앉아 볼일을 보고 있는 사람들도 있다.

내 앞 좌석에 앉은 학생이 "인도는 부자지만 인도 사람들은 가난하다. 많은 사람들이 문맹이며 부모들 또한 교육의 필요성을 느끼지 않는다. 배우지 못한 아이들은 어린 나이 때부터 구걸과 재주부리기를 하면서 도둑질하는 것부터 배운다."고 말한다. 보팔이라는 도시를 지나가자 그 학생이 뜻밖의 얘기를 한다. "1984년 미국의 유니언 카바이드의 인도 지사 비료 공장에서 유독가스 폭발로 2,500명의 사상자가 발생했는데도 미국 측에서는 목숨값으로 겨우 1인당 450달러를 지불하면서 평생 벌어도 벌지 못하는 액수라고 말했다. 아직도 수많은 사람들이 그 유독가스 피해로 죽어가고 있다." 학생의 눈빛에서 억울한 약소국의 분노가 느껴졌다.

강물도 개울도 거의 모든 물 색깔이 초록색으로 오염되어 있는데도 사람들은 그 물에서 목욕을 하고 빨래를 한다. 세상이 온통 쓰레기통이고 어디나 앉으면 화장실이 된다. 기차 화장실은 바닥에 구멍 하나가 뚫어져 있을 뿐이고 53시간 동안 먹고 마시면서 나온 쓰레기는 밖으로 던지면 그만이다. 그래서 세상이 온통 쓰레기통이다. 정치인들은 오직 권력과 돈에만 눈이 어두워 서민들의 삶에는 관심조차 없다고 한다. 인간의 욕심은 한계가 없다.

가도 가도 끝이 없이 펼쳐지는 평야 지대, 그 속에 옹기종기 모여 사는 인도인들. 먹지 못해서 비만인 사람이란 거의 찾아볼 수 없는 땅이다. 사람들은 마르다 못해 살가죽만 붙어 있다. 앞에 앉았던 가족 일행이 내리자 갑자기 나 혼자 텅 빈 기차 안에 남아 있는 기분이다. 마이소르에서 함께 탔던 신사가 다가와 아직도 내리지 않고 있냐며 반가이 말을 건넨다.

8일 전에 델리 출발 마이소르행 열차 안에서 어느 지방 은행 부지점장이라는 남자를 만났다. 그 남자는 시크교도로 정중하고 예의 바른 신사였다. 유창한 영어로 그들의 삶에 관해 얘기하는 그 남자의 조각상같이 매력적인 용모와 깊은 눈빛에 빨려 들어갈 것만 같았다. 한참을 얘기하다가 내가 마이소르 여행을 마친 후 델리역에 밤 10시가 넘어 도착하는데 혼자 숙소를 찾아야 한다고 걱정을 하자 명함을 주면서 마이소르에서 출발하기 전에 자기에게 전화를 하라고 한다. 마침 그날 델리에서 미팅이 있어서 자기도 호텔에서 머물러야 한다며 친절히 도와주겠다고 한다. 델리에서 호텔을 예약해놓고 기차역으로 나를 마중 나오겠다고 친절을 베푼다. 여자 혼자 숙소를 찾기 위해 델리 밤거리를 돌아다니는 것은 너무 위험한 일이다.

마이소르 여행을 마치고 델리행 열차를 타기 전에 은행 부지점장이라는 남자에게 전화를 해서 기차 도착 시간과 기차 칸 번호를 알려주었다. 그때 남자가 달콤한 목소리로 물었다.

"같은 방을 함께 쓰면 어떨까요? 두 개 객실을 예약하는 것은 경제적 낭비예요. 객실 하나만 예약해도 되지요?"

순간 이 남자를 너무 믿었다는 것을 깨달았다. 그렇게 예의 바르고 멋진 신사가 그런 생각을 품고 있었다는 것이 믿기지 않았다. 그래도 말없이 기차역으로 나와서 나를 납치하지 않고 솔직하게 객실 하나만 예약해도 되냐고 물어봐 준 것만도 감사한 일이었다.

나는 잠시 목소리를 가다듬고 "당신의 도움은 필요 없습니다."라고 침착하면서도 단호하게 말하고 전화를 끊었다. 그리고는 도착 시간과 열차 칸 번호를 알려준 것이 내심 걱정되었다. 만약 델리역에 도착했을 때 그 남자가 기다리고 있으면 어떻게 할까? 두려움과 걱정 때문에 델리로 가는 여행이 기쁘지 않았다. 그때부터 델리역에 내려서 호텔을 찾을 수 있도록 도와줄 사람이 나타나기를 지극하고 간절한 마음으로 기도했다.

딱딱한 기차 의자에 앉아 한참을 조용히 기도하다가 시원한 공기를 마시려고 열차가 연결된 통로로 나갔다. 그런데 델리에서 방갈로르로 내려갈 때 옆에 앉아서 많은 얘기를 나누었던 호주인 인권변호사가 그곳에 있었다. 순간 감사의 환호성이 저절로 나왔다. 지극한 기도는 전해지는 법이다. 진심으로 그 변호사를 반기며 재회의 인사를 나누었다. 델리에 도착하면 숙소를 함께 찾아줄 수 있느냐는 내 부탁을 들은 그는 선뜻 도와주겠다고 약속했다.

기차가 연착되어 자정 무렵에 델리에 도착했다. 기차에서 내리자 나도 모르게 주위를 두리번거렸다. 두려움 가득한 마음을 달래며 호주인 변호사의 등 뒤에 숨어 무사히 역사를 빠져나왔다. 그 변호사는 사이클릭샤를 불러 함께 타고 몇 군데 호텔을 돌아다니다가 마침내 안전한 호텔을 찾아주었다. 마치 오빠가 동생을 보살펴주듯이 그는 늦은 밤 나를 안전한 곳으로 데려다주었다. 그는 다시 델리 남부까지 택시를 타고 가야 한단다. 이미 새벽 1시가 넘었다. 이제 걱정하지 말고 편히 쉬라며 따뜻하게 포옹해주던 그 사람에게 나는 감사의 인사도 제대로 전하지 못한 채 헤어졌다.

그날 밤 묵은 호텔은 입구에 무장 경비원들이 보초까지 서주는 고급 호텔이다. 주로 부유층 인도인들이 사용하는 호텔이라고 한다. 네 명의 남자들이 들어오더니 한 명은 침대 이부자리를 다시 정리하고 잠옷 가운을 챙겨준다. 한 남자는 과일 바구니를 들고 오고 또 잠시 후 과자, 스낵, 초콜릿 바구니가 들어온다. 한 남자는 파인애플 주스를 갈아서 가져온다. 그리고 잠시 후 생수와 콜라, 오렌지 주스를 들고 온다. 그런 후 욕조에 목욕물을 받아준다. 마치 인도의 여왕이 된 기분이다. 호텔 객실료 오만 원에 누리는 호사스러운 여왕놀음이다. 풋풋한 젊음의 에너지가 넘치는 미소년들에게 받은 여왕 대접이 행복한 하룻밤이었다.

다음 날 아침 감사의 팁으로 쓰고 남은 5달러를 침대 밑에 놓고 나왔다. 퇴실 수속을 하고 있는데 객실 담당 어린 남자 직원이 헐레벌떡 달려왔다. 5달러를 놓고 갔다면서….

노란 셔츠의 남자를 사랑한 여자

오랜 미국 생활을 접고 한국으로 돌아와 처음 만난 소중한 인연 하나가 있다. 다시 찾은 내 나라에서 나는 완전한 미국 사람도 아니었고 완전한 한국 사람도 아닌 두 문화 사이에서 적응하지 못하고 힘들어하고 있을 때였다. 서류 문제로 관공서에 갈 때도 담당자의 말이 이해되지 않았다. 필요한 서류를 물어봐도 각기 다른 서류를 알려준다. 담당 업무에 대한 전문성이 부족하다. 새로운 신조어도 너무 많았다. 분명 우리말을 하는데 이해가 되지 않았다. 미국에 살았을 때는 낯선 문화, 낯선 언어를 사용하는 환경에 있었기 때문에 그 사람들의 말을 이해하지 못하는 것은 당연하다고 생각했다. 그런데 내 나라에서 내 나라말을 하는데도 이해할 수 없다는 것은 받아들이기 힘들었다. 그래서 늘 화난 사람처럼, 무엇인가 못마땅한 사람처럼 하루하루를 살아가는 날이 이어졌다.

시간적 공백이 준 낯섦과 내 나라에서의 문화적 충격으로 힘들어 하고 있을 때 한 사람을 만났다. 뉴질랜드에서 온 친구

157

와 함께 지리산 종주 등반을 갔을 때 그 여자와의 만남이 시작되었다.

　지리산 등반에 필요한 음식이며 숙소 예약 등 다섯 사람을 위한 모든 준비를 완벽하게 해준 사람이 그 여자였다. 첫눈에 봐도 카리스마 넘치는 얼굴에서 여유와 넉넉함이 풍겼다. 처음 만난 사람이었지만 오래 사귄 친구처럼 마음이 편했다. 그 여자는 한국 생활에 지친 나에게 마음을 활짝 열고 양팔 벌려 반겨주는 것만 같았다. 투박하지만 구수한 남도 사투리를 쏟아내고 때로는 천진난만한 개구쟁이처럼 행동하는 모습이 귀엽기까지 했다. 나는 사심 없는 그 여자의 품에 안겨 한없이 울고 싶었다.

　지리산 종주를 마친 후 그 여자는 나를 친동생처럼 넘치는 사랑을 베풀어주었다. 우리 부모님은 물론 형제들과 내 친구들까지 챙겨주는 다정다감한 사람이다. 누구에게든 아무런 대가도 바라지 않고 아낌없이 도와준다. 걷지 못하는 사람도, 가난한 사람도, 아픈 사람도, 학비를 낼 수 없는 학생도, 혼자 사는 사람도 기꺼이 도와준다. 아마 주위에 도움을 받지 않는 사람이 없을 정도로 통 큰 사랑을 베풀고 정을 나누어준다. 전혀 대가를 바라지 않고 순수한 마음으로 남을 돕고 나누는 것은 누구와도 견줄 수 없는 크나큰 재능이다. 덕분에 나는 낯설기만 했던 내 나라 대한민국에서 다시 걸음마를 시작할 수 있었다.

인생은 가야 할 목적지를 향해 달려가는 것이 아니라 맘껏 현재의 순간을 즐겨야 할 여행지라는 모토를 가진 여자는 늘 여행을 꿈꾸고 실행에 옮긴다. 아마 하늘나라로 가다가도 누군가 여행 가자고 하면 다시 돌아올 것이라고 농담을 할 정도로 그 여자는 여행을 사랑한다. 여행이 없는 삶은 상상할 수도 없으며, 여행이 사라진 삶은 더 이상 삶이 아니라고 말한다. 여행은 그 여자의 희망이며 살아야 할 이유이기도 하다.

우리는 남도 여행도 함께 하고 섬 여행도 가고 해파랑길을 걷기도 했다. 봄이면 벚꽃 길로, 여름이면 작열하는 태양 아래 끝없는 수평선이 펼쳐진 바다로, 가을이면 유혹하는 붉은 단풍을 찾아 산으로, 겨울이면 눈꽃 가득한 설산으로 발걸음을 재촉했다. 삶이란 머리 싸매고 풀어야 할 숙제가 아니라 신명 나게 즐겨야 할 축제가 되어야 한다고 누군가는 말했다. 오늘 이 하루는 영원히 두 번 다시 즐길 수 없는 단 한 번의 소중한 기회이기 때문이다.

가끔 해외여행도 동행하면서 우리는 깊은 인연의 고리를 더 굳게 이어갔다. 만남은 인연이며, 관계는 노력이라는 말이 있다. 좋은 사람을 만나는 것은 신이 주는 축복이다. 그래서 한 사람과의 관계를 지속시키지 못하면 축복을 저버리는 것과 같다고 한다. 그 축복을 이어가기 위해 만나지 못하는 동안에도 우리는 거의 매일 문자로 서로의 안부를 주고받는다. 때론 전화로 긴 통화를 하기도 한다. 어쩌다가 멀리 살고 있는 그 여자를 만나러 갈 때면 마치 사랑하는 애인을 만나러 가는 것처럼 설렌다. 세상에서 가장 소중한 사람은 지금 나와 함께 할 수 있는 사람이다. 그 여자는 이제 내 삶에서 가장 소중한 그런 사람이 되었다.

통이 큰 여자는 어쩌다가 예상하지 않은 공돈이 생기면 주위 사람들에게 다 베풀어버린다. 생활고에 허덕이면서도 공돈은 그냥 두면 안 된다며 아낌없이 다른 사람들을 위해 써버린다. 그러면서 "나에게는 공무원연금이라는 효자 아들이 있어서 괜찮아요. 열 아들 부럽지 않아요. 또 노란 셔츠를 입은 사나이가 항상 보호해줘서 나는 괜찮아요."라고 말한다. 노란 셔츠를 입은 사나이는 노란색 가사를 두른 부처님이다. 여자는 매일 아침 부처님 앞에 엎드려 한 점 부끄러움 없이 살다 가기를 간절하게 기도한다. 노란 셔츠 입은 남자를 사랑한 여자는 우리 모두의 대모이며 자비를 몸소 실천한 대보살이다.

밭농사를 짓는 친구들이 상품 가치가 없는 야채를 몽땅 줄 때마다 혼자 요리를 해서 주위 사람들에게 나눠준다. 아픈 허리를 펴가면서 음식을 해놓으면 좀 가져다 먹기라도 하면 좋겠는데 아무도 오지 않는다고 한다. 그래서 음식을 정갈하게 포장해서 집집마다 배달까지 해주는 수고로움을 마다하지 않는다. 멀리 있는 사람들에게까지도 택배로 보내준다. 조금만 힘들여서 음식을 만들어주면 누군가는 맛있게 먹을 수 있다면서 힘든 일을 말없이 해낸다. 나는 그 여자를 생각할 때마다 마음이 훈훈해지면서도 미안한 마음이 자꾸 든다. 그 여자를 위해 아무것도 해줄 수 없는 내가 부끄럽고 미안해서 자꾸 작아지는 느낌이다. 그래도 힘든 이 세상에서 따스한 사랑을 알게 해준 그 인연만으로도 나는 한없이 행복한 사람이다.

나는 가끔 내 삶 속으로 찾아와 준 많은 인연들을 생각하곤 한다. 지난 세월 동안 내게 다가온 사람들은 거의 모두 아름답고 천사같이 순수한 마음을 가진 그런 사람들이었다. 그래서 습관처럼 말하곤 한다.

"천사가 되고 싶으세요? 내게로 다가오세요. 그러면 당신은 천사가 된답니다."

백합꽃 같은 청년

미국에서 돌아온 지 일주일 만에 친구의 권유로 집중 명상 코스에 참석했다. 간단하게 옷 몇 벌과 세면도구를 챙겼다. 명상이 무엇인지도 모른 상태에서 지도자의 안내에 따라 집중했다. 위키백과에 따르면 명상이란 고요히 눈을 감고 차분한 상태로 어떤 생각도 하지 않는 것이며 자신의 참된 자아를 깨닫기 위해 마음을 집중시키는 일을 가리킨다고 한다. 명상에 대한 사전 지식은 없었지만 무엇보다도 건강 상태가 바닥까지 떨어진 나는 옳고 그름을 따지면서 다른 생각을 할 겨를이 없었다. 그래서 하루 두세 시간 동안 수면을 취하면서 맹렬히 명상에 전념했다.

내 옆자리에 군의관인 청년이 앉았다. 핏기없는 창백한 얼굴이지만 해맑은 미소를 머금은 백합꽃같이 희고 순수한 청년이다. 마치 수줍어하는 처녀처럼 다소곳이 늘 내 옆자리를 지킨다. 명상하면서 끊임없이 울어대는 내게 손수건도 건네주고 물도 챙겨주는 다정한 사람이다. 쉬는 시간에도 나를 향한 배려와 관심을 멈추지 않는다. 마치 마음이 아픈 엄마를 보듬어주는 따뜻한 아들 같다.

우린 2주간의 일정을 마치고 가끔 다시 만나 서로의 지난 날을 공유했다. 청년은 가난한 어린 시절 누군가 버린 낡은 자전거로 통학을 했다고 한다. 겨울이 되면 털장갑이 없어 빈 과자봉지를 장갑 삼아 끼고 자전거를 탔다는 말에 연민의 아픔이 느껴졌다. 내가 청년을 만났을 때도 그는 아주 오래된 휴대폰을 쓰고 있었다. 미국에서 돌아온 지 얼마 되지 않은 나는 적은 강사료로 근근이 삶을 꾸리고 있었다. 그런데도 청년이 낡은 휴대폰을 쓰고 있는 것이 안쓰러웠다. 그래서 그를 데리고 휴대폰 전문 상가로 가서 내 수입의 반이 넘는 고급 휴대폰을 선물로 사주었다. 가난 때문에 밥도 굶어야 했던 어린 시절을 보낸 청년의 시린 마음에 조금이라도 따스함을 전해주고 싶었다. 이 세상에 누군가 자기를 사랑해주는 사람이 곁에 있다는 것을 알려주고 싶었다.

군의관을 마치고 청년은 종합병원에서 인턴으로 근무했다. 우리는 스트레스에 관한 영어책을 함께 번역했다. 그래서 자주 그 병원에 가서 밤새워 작업을 했다. 병원 내에 있는 식당에 가거나 편의점에 들를 때면 묻지도 않고, "훌륭한 어머니에 훌륭한 아드님이네요." 하면서 우리 둘을 모자 관계로 생각했다. 그 말을 듣는 내 마음이 사랑에 빠진 사춘기 소녀처럼 설레었다. 우리 둘은 서로를 바라보며 의미심장한 미소를 건넨다. 그리고 모자지간이 아니라고 부인하지 않았다.

자랑스러운 아들을 둔 엄마의 마음이 이런 것일까? 사랑하는 아들에 대한 엄마의 마음이 이런 것일까? 보고 또 봐도 보고 싶고, 주고 또 주어도 주고 싶은 마음! 사랑하고 또 사랑해도 늘 부족한 마음! 이것이 엄마의 마음일까? 그 청년은 처음으로 엄마의 마음을 경험하게 해준 소중한 사람이다. 결코 경험할 수 없는 신세계를 느끼게 해준 내 마음의 꽃비 같은 아들! 사랑하는 아들아! 너는 상처받고 지친 내 마음에 찬란한 빛으로 다가온 아이란다. 삶이 이어지는 그 날까지 그 빛 하나만으로도 나의 삶은 늘 밝게 빛날 것이다.

영원히 내 마음 한 부분을 차지할 아들아, 네가 있어 내 삶은 행복 가득한 꽃밭이란다.

3부

알프스로 가는 유레일패스

냉정과 열정 사이, 피렌체

옆 침대를 차지한 스위스 아줌마가 저녁 내내 코를 골아댔다. 코를 비틀어버리고 싶다는 생각마저 들었다. 거의 뜬눈으로 밤을 새우고 이른 새벽 뜨거운 샤워로 굳은 몸을 풀었다. 밀라노행 유로스타 기차를 타기 위해 아침 일찍 숙소를 나섰다. 지난밤 만났던 이탈리아 여행자가 알려준 '이탈리아 여행 시 주의할 점'이 갑자기 생각난다.

길에서 경찰복을 입은 사람이 여권을 보여달라고 해도 절대 보여주면 안 됨. 보여주더라도 여권을 건네주지 말고 단지 보여만 줄 것. 아무리 친절한 사람도 믿어서는 안 됨. 특히 지하철에서 소매치기를 주의할 것. 가방은 반드시 앞으로 멜 것.

기차가 이탈리아 땅으로 들어서자 검표원 모습부터 달라졌다. 양쪽 허리에 권총을 차고 험악한 눈빛으로 표를 보자고 한다. 그리고 여권 검사를 한다. 위압적인 검표원의 모습에 판결을 기다리는 죄인처럼 가슴이 두근거린다. 여권을 건네주는 검표원에게 아무렇지도 않은 듯 "그라치에(감사합니다)!"라고 말하자 반색을 하면서 어느 나라에서 왔느냐고 상냥하게 묻는다. 여권 검사를 바로 몇 초 전에 했으면서도 '어느 나라'를 묻는 것이 좀 의아했지만 한국에서 왔다고 말했다. 몇 가지를 더 물어보더니 이탈리아 여행할 때 주의할 사항을 친절하게 일러준다. 어느새 검표원의 굳었던 표정이 사라지고 상냥한 옆집 아저씨 같은 모습이 되었다. 첫인상으로 좋지 않은 선입견을 가졌던 내가 부끄러워 나도 모르게 수줍은 미소가 번진다. 어쩌면 우리는 빨간 선글라스를 끼고 세상을 보는지도 모른다. 그 왜곡된 선글라스를 통해 사람을 판단하고 세상을 판단하는 실수를 저지르며 살고 있는지도 모른다.

기차는 정확한 시간에 밀라노 중앙역에 도착했다. 다음 열차를 갈아탈 시간적 여유가 있어서 잠시 밀라노역 주변을 돌아다녔다. 밀라노역은 형편없이 낡았지만 고풍스러운 분위기가 물씬 풍긴다. 곳곳에 스프레이 낙서가 잔뜩 보인다. 역 광장에는 남루한 집시 여자들, 도와주겠다며 접근하는 남자들, 술에 취한 듯 비틀거리는 사람들, 세계 각지에서 온 많은 관광객들이 한데 엉켜있다. 이탈리아 치안의 문제점과 소매치기가 많다는 사전 정보 때문에 다소 걱정은 되었다. 홀로 떠나는 여행은 결말을 예측할 수 없는 미스터리 소설 같다. 언제 어디서 무슨 일이 일어날지 아무도 모른다. 이탈리아에서 꼭 먹어봐야 한다는 젤라토를 입에 물고 피렌체행 기차에 올랐다.

다음 정차 역을 알리는 방송은 이탈리아어로만 하기 때문에 비치된 열차 시간표를 봐야 어느 역에 도착했는지 알 수 있다. 계속 졸면서 시간을 확인하곤 한다. 잠깐 잠깐 졸면서도 이탈리아 기차 안에는 소매치기가 많다고 들어서 나도 모르게 가방을 움켜쥐고 있다. 잠에 취해 차창 밖 멋진 풍경을 구경하지 못한 것이 못내 아쉬웠지만 무사히 목적지에 도착했다. 그 목적지는 일본 영화 〈냉정과 열정 사이〉로 유명해진 꽃의 도시 피렌체다. 피렌체 중앙역은 정확하게 말하면 피렌체 산타마리아 노벨라역이다.

물품보관소에 짐을 넣어두고 밖으로 나오자 멀리 두오모 대성당이 한눈에 들어온다. 성당 앞에 서자 거대함과 웅장함에 압도된다. 성당 내부에 화려하고 섬세하게 그려진 천장 벽화는 미켈란젤로의 〈최후의 심판〉 벽화를 본떠서 그린 것이라고 한다. 자주색의 팔각형 돔 큐폴라를 향해 올라간다. 〈냉정과 열정 사이〉라는 영화 덕분에 큐폴라는 연인이 함께 오르면 사랑이 이루어진다고 믿는 연인들의 성지가 되었다고 한다. 영원히 끝날 것 같지 않은 좁은 계단을 오르고 또 올라 드디어 큐폴라에 도착했다. 큐폴라에서 내려다본 피렌체는 낭만과 역사 그 자체였다. 큐폴라의 어디선가에서 금방이라도 오랫동안 보고 싶었던 어떤 사람을 만날 것만 같다.

수백 년의 역사가 고스란히 남아 있는 피렌체의 좁은 골목길은 나를 역사의 현장 속으로 끌어당기는 것만 같다. 어느 골목을 가도 역사의 숨결이 생생하게 느껴지는 야외 박물관이다. 고혹적인 도시다. 한가로이 아르노 강변을 산책하면서 젊은 시절의 주인공이 된다. 단테가 짝사랑하던 베아트리체를 스치듯 다시 만났던 낭만의 트리니타 다리도 건너본다. 미켈란젤로 언덕에 올라 석양에 물든 아름다운 피렌체의 주황빛 물결에 흠뻑 젖어도 본다. 피렌체는 영어로 플로렌스이며, 레오나르도 다빈치와 미켈란젤로와 라파엘로의 숨결이 살아 있는 예술의 도시이다.

영화 〈냉정과 열정 사이〉에 나오는 명대사, "홀로 멀리 여행을 떠나라. 그곳에서 가장 그리운 사람이 당신이 사랑하는 사람이다."

나는 지금 누가 가장 그리운가?

백발의 알프스 소녀

지저귀는 새들의 노랫소리가 마치 나를 위한 장엄한 오케스트라 연주 같다. 오늘은 뱅겐에서 가장 아름답다는 하이킹 코스를 가기로 했다. 어디를 가도 푸른 산속에 그림처럼 예쁜 집들이 정겹게 모여 있다. 청명한 쪽빛 하늘 아래 펼쳐진 설산과 푸른 초원과 이름 모를 야생화들이 어우러진 모습은 한 폭의 수채화 같다. 뱅겐은 산속의 작은 마을인데도 호텔이 많다. 사실 스위스 전체가 관광객들을 위해 계획된 나라인 것을 알면 작은 마을에 호텔이 많은 것이 이상한 일도 아니다.

하늘이 보이지 않은 숲속을 걸어 거대한 알프스의 장관이 눈 아래 펼쳐진 전망대에 도착했다. 아무도 없는 그곳에 백발의 단발머리 할머니가 벤치에 홀로 앉아 눈앞에 펼쳐진 알프스의 웅장한 광경을 감상하고 있다. 독일에서 왔다는 할머니는 영어를 굉장히 잘한다. 혼자 여행을 한 탓인지 나를 만나자 너무 반가워하면서 많은 이야기를 한다. 여든다섯의 나이에 혼자 여행을 하는 용감한 할머니다. 작년에 할아버지를 먼저 하늘나라로 보내고 할아버지와 함께했던 여행지를 이제는 혼자 추억하고 있단다. 내가 아직 싱글이라는 말을 듣자 누가 이렇게 예쁜 사람을 혼자 두느냐며 농담을 한다. 할머니의 유머 감각이 나를 웃게 한다. 우리는 한참 동안 벤치에 앉아 지나온 삶을 얘기하면서 아무도 없는 호젓한 알프스의 주인공이 된다. 백발의 소녀는 하염없이 마음속 애기를 쏟아내며 낯선 여행자에게 마음을 나눠준다. 나도 저 나이가 되어서도 할머니처럼 날개 단 듯 세상을 날아다니고 싶다는 바람을 가져본다.

벵겐 마을 하이킹을 마치고 돌아와 산악 열차를 타고 케이블카로 갈아타고 또다시 산악 열차를 갈아타고 뮈렌으로 갔다. 뮈렌은 고도 1,639m의 작은 마을이며 알프스의 가장 서쪽에 있다. 베르너 오버란트의 3대 봉우리가 모두 보이는 곳이다. 아스라이 가파른 벼랑 끝, 절벽 위에 아름다운 전통 가옥들이 오롯이 모여 있다. 물감을 뿌려놓은 듯한 각양각색의 들꽃과 하얀 눈으로 덮인 알프스의 봉우리가 신비롭고 성스럽게 보인다. 어디를 가나 넓고 푸른 초원 위에 피어난 이름 모를 야생화들이 꽃의 천국을 이루고 알프스의 설산과 어우러져 장관을 연출한다.

미국에 있는 조앤에게 스위스 풍경이 아름답게 그려진 엽서를 보냈다. 여든두 살 푸른 눈의 어머니 조앤은 내가 유럽으로 떠나기 전날, 다음 여행부터는 절대 혼자 여행하지 말고 꼭 좋은 사람과 손잡고 떠나라고 부탁했다. 혼자 가는 여행은 이번이 마지막이라고 엄포를 놓았다. 자식에 대한 어머니의 마음은 동양 어머니나 서양 어머니나 같은 심정인가 보다. 나를 걱정해주던 그 어머니의 따뜻한 품이 못 견디게 그리워진다. 그리움을 달래려고 조앤의 인생 십계명을 적어본다.

"여자가 나이를 말하면 모든 것을 말할 수 있는 사람이다.

죽는 날까지 화장하지 않은 민얼굴을 보여줘서는 안 된다.

식사는 정식으로 잘 갖춰 먹는다.

내 식사는 직접 챙긴다.

영원히 스물아홉 살의 아름다움을 간직하려고 노력한다.

수영과 타이치를 규칙적으로 한다.

매달 독서토론을 한다.

봉사하는 삶을 산다.

친구와 의사를 가까이한다.

종교를 갖는다."

영원히 스물아홉이라던 조앤의 따뜻한 목소리가 들리는 듯하다.

숙소로 돌아와 어제 만났던 말레이시아 여행자와 저녁을 먹으며 작별 인사를 나누었다. 유럽의 여름밤은 아직도 대낮이다. 창문을 활짝 열어놓고 눈앞에 펼쳐진 설산을 바라보며 붉게 물든 석양에 취해 잠이 든다.

마술을 보여줄게

뉴질랜드를 배낭여행하던 중에 여행 일정을 모두 취소하고 한국으로 돌아가야 하는 긴급 상황이 발생했다. 한국으로 당장 돌아가야 하는데 가장 큰 문제는 저렴한 항공권을 구입했기 때문에 갑자기 귀국 비행기 편을 바꾸기가 쉽지 않은 것이다.

공항에서 멀리 떨어진 곳에서부터 밤새 택시를 타고 새벽네 시 오클랜드 공항에 도착했다. 이른 시간인데도 공항 안에는 많은 사람들이 서성이고 있다. 울면서 비행기 표를 바꾸기 위해 이곳저곳 카운터로 뛰어다니는 것을 보고 있던 한 항공사 카운터 여직원이 내게 다가와 자초지종을 묻는다. 나는 울먹이면서 긴급 상황을 설명했다. 그 직원은 자기 카운터로 따라오라고 한다. 나를 카운터 안으로 들어오게 하고는 자기 뒤에 있는 의자에 앉으라고 한다. 그 직원은 여러 항공사로 전화를 해서 급히 한 좌석을 확보할 수 있는지 물었다. 내 여정은 뉴질랜드에서 일본 나리타 공항으로 가서 한국행 비행기로 갈아타는 것이다. 항공사로부터 확답을 기다리는 동안 손수 만들었다는 케이크와 뜨거운 커피를 권한다. 가슴이 뭉클해지면서 나도 모르게 눈물이 났다.

그 직원은 그렇게 몇 시간을 전화하고 실망하고 다시 전화하기를 반복했다. 거의 8시 20분이 다 되어서 8시 40분 발 비행기 표를 확보했다. 그 표는 오클랜드에서 일본 공항까지만 가는 표였다. 일본에 도착해서 한국행 표를 다시 구해야 했다. 나는 20분 만에 수하물 체크와 모든 보안 검사를 어떻게 통과해야 할지 난감했다. 이런 나를 보면서, "마술을 보여줄게."라며 미소 짓는다. 그리고 내 손을 덥석 잡고 귀빈들만 통과할 수 있다는 비밀통로를 통해 채 10분도 안 걸려 비행기 입구까지 데려다준다. 그 여자의 손이 마치 미다스의 손처럼 느껴진다. 그 때서야 그 여자의 이름표를 확인한다. 콴타스 항공의 데비나! 인도계 뉴질랜드 여자다. 내 손을 잡은 따뜻한 손길의 여운을 느낄 시간조차 없이 비행기의 출입문이 닫혔다.

비행기 안에서도 여러 승무원들이 울고 있는 내게 다가와 괜찮으냐며 따뜻한 차를 권한다. 오클랜드 공항의 데비나가 잘 보살펴달라는 부탁을 했다고 한다. 진정으로 다정하고 배려 깊은 사람이다. 한 승무원이 다가와 일본 공항에 도착하자마자 바로 뛰어나갈 수 있도록 비즈니스 석의 출입구 쪽으로 자리를 옮겨준다. 잠시 후 다른 승무원이 와서 기장도 일본 공항으로 전화를 걸어 나를 태울 비행기 편을 알아보고 있다고 알려준다. 비행기가 일본 공항에 도착하여 출구를 빠져나가자마자 내 이름을 적은 피켓을 들고 있는 직원과 만났다. 내가 예약했던 항공사 비행기가 아니라 전혀 관계없는 항공사 직원이었다. 그 직원은 원래 내가 예약했던 비행기는 만석이라 좌석이 가능한 다른 비행기에 나를 태워 무사히 한국으로 귀국시켜 주었다.

뉴질랜드 공항에서부터 한국의 공항까지 모든 여정이 기적을 보여준 한 편의 드라마 같았다. 생전 처음 만난 사람에게 크나큰 도움을 준 데비나! 그 후 우린 친한 친구가 되었다. 나이도 나와 동갑이다. 구슬로 액세서리를 만드는 것이 취미라며 가끔 내게 예쁜 귀걸이와 목걸이를 선물한다. 직접 케이크도 구워서 비행기를 태워 한국까지 보내주기도 한다.

우리는 뉴질랜드도 한국도 아닌 중간 지점에서 함께 만나 여행하기를 꿈꾼다. 또 다른 마술 같은 순간을 기대하며.

사운드 오브 뮤직의 신사

프랑크푸르트행 비행기를 타기 위해 서둘러 집을 나선다. 최종 목적지는 독일의 작은 도시 카셀이다. 카셀은 세계 최고 권위의 미술 행사인 도큐멘타(현대 미술 전시회)로 유명한 도시이다. 이번 여행은 내딛는 걸음걸음마다 내 마음의 변화를 지켜보는 시간이 될 수 있도록 다짐한 여행이다. 공항까지 배웅해준 친구와 아쉬운 작별을 했다. 누군가를 남겨두고 떠나야 하는 발걸음은 늘 무겁다. 그런데도 나는 습관처럼 끊임없이 이런 이별을 되풀이한다. 마치 이별 리허설을 하는 사람처럼.

약 세 시간의 비행 후 대만의 타오위안 국제공항에 도착했다. 공항에서 일곱 시간 동안 다음 비행기를 기다리면서 여행 일정을 점검한다. 이메일을 체크하고 미처 연락하지 못한 사람들에게 안부 메일을 보낸다. 출발 게이트 앞에 앉아 눈을 감고 지금의 내 마음을 바라본다. 긴 시간 기다림에 화난 마음은 아닌지, 여행에 너무 들떠 있는 것은 아닌지 조용히 살펴본다. 그리고 다음 여행지에 대한 정리를 한다. 처음에는 일곱 시간을 기다려야 한다는 것에 조금은 지루한 마음이 일었다. 그러나 잠시 졸기도 하고 책을 읽기도 하면서 지루하지 않게 보낼수 있었다. 늦은 밤 프랑크푸르트행 중화항공에 몸을 실었다. 중화항공은 잦은 비행기 추락사고로 악명 높은 항공사다. 그런 단점 때문인지 비행기 푯값이 놀랍도록 저렴하다.

이륙 시간이 거의 다 되자 멋진 서양 남자가 옆자리에 앉았다. 미소로 그와 첫 인사를 나눈다. 그는 영화 〈사운드 오브 뮤직〉으로 유명한 오스트리아의 잘츠카머구트 출신의 지리학자란다. 전직은 교사였는데 여행이 좋아서 이직을 했다고 한다. 현재는 지구 환경에 관련된 일을 하고 있는데 어느 한 나라에 임무가 떨어지면 가능한 한 현지 말을 배워서 강연을 한다고 한다. 그런 직업 때문에 그는 백여 개국을 여행했다고 한다. 지금은 세계 환경과 지리에 대한 강연과 회의를 위해 프랑크푸르트까지 간다고 한다. 그의 첫 직장이 독일 카셀이었단다. 긴 비행을 하면서 그와의 대화는 마치 세계 지리학 강의를 듣는 것 같았다.

오스트리아 출신의 신사가 한참 이야기를 하더니 왜 비행기 사고로 악명 높은 항공사를 선택했느냐고 조심스럽게 물어본다. 나는 첫째 비행기 푯값이 저렴하고 두 번째 그 악명을 벗기 위해 비행기를 새로 정비하고 세계의 유능한 조종사들을 고용함으로써 안전에 만전을 기하는 항공사가 되었기 때문이라고 이유를 설명했더니 자기와 똑같은 생각을 한다고 반색한다.
사람은 같은 생각을 공유할 때 더 큰 공감을 느낀다.

　이른 새벽 프랑크푸르트 국제선 공항 터미널에 내려 기차
를 타기 위해 스카이레일을 타고 삼십 분 이상 미로 같은 길을
찾아가야 했다. 그 신사는 이민국, 세관 통관을 마치고 자기의
무거운 가방 두 개를 들고 내 가방까지 들어주었다. 기차표를
사야 하는데 창구에 길게 늘어선 사람들 때문에 자동판매기를
이용해야만 했다. 그런데 그 자동판매기에 내 신용카드가 승인
되지 않았다. 매표소에서 줄을 서서 기다리면 카셀행 열차를
제시간에 탈 수 없었다. 오스트리아의 신사는 선뜻 자기의 신
용카드로 표를 사주었다. 그리고는 플랫폼까지 안전하게 나를
안내해주면서 혹시 비상시를 대비해서 자기 전화번호와 이메
일 주소를 적어준다. 처음 만난 낯선 외국인에게 큰 호의와 친
절을 베풀어준 배려 깊은 신사에게 감사의 마음을 전했다. 일
요일 이른 아침이어서인지 프랑크푸르트 기차역은 한산했다.
플랫폼에서 카셀까지 가는 한 청년을 만났다. 이제는 기차에서
언제쯤 내려야 할지 고민할 필요가 없다. 그 청년을 따라 내리
면 되기 때문이다.

　잘츠카머구트 신사와의 만남은 긴 우정으로 이어졌다. 뜻
밖에 찾아온 귀한 손님처럼 인연은 그렇게 다가온다.

잠 못 이루는 부다페스트

　헝가리의 수도 부다페스트에서 열리는 사랑의 캠프에 참
석하기 위해 프랑크푸르트 공항으로 향했다. 카셀 숙소에서 공
항까지는 아우토반을 180km 이상 달려서 세 시간을 운전해야
하는 거리다. 아침 출근 시간이 되자 벌써 교통 체증이 시작되
었다. 공항에 도착했지만 일주일 동안 자동차를 주차해야 할
공간을 찾지 못해 많은 시간을 헤매야만 했다. 탑승 시간이 거
의 가까워져 오자 불안하고 초조했는데 타야 할 취리히행 비행
기가 사십 분 연착되었다. 덕분에 우리가 타야 할 비행기를 여
유롭게 탈 수 있었다. 그런데 취리히에서 다음 비행기로 갈아
타는 시간 간격이 십 분밖에 되지 않아 비행 내내 노심초사다.
취리히 공항에 도착해서 보니 다행스럽게도 도착 게이트와 연
결 항공편 출발 게이트가 바로 옆이어서 부다페스트행 비행기
로 무사히 옮겨 탈 수 있었다.

　부다페스트는 구름 한 점 없는 하늘 아래 수백 년의 역사
를 한눈에 느낄 수 있는 역사적 건물들이 즐비하다. 다뉴브강

을 사이에 두고 부다 지구와 페스트 지구로 나눠진 부다페스트는 다른 유럽 국가와는 달리 비교적 물가가 싼 매력적인 도시다. 공산주의 국가의 폐쇄적인 흔적은 어디서도 찾아볼 수 없다.

헝가리에는 450군데의 온천이 있는데 부다페스트에만 100여 곳이 된다. 대부분 전통 증기탕으로 로마 시대부터 유래되었다고 한다. 아침 일찍 부다 지구에 있는 오백 년 된 온천에 갔다. 온천이라기보다는 거대한 성 같은 건물이다. 오랫동안 따끈한 온천욕을 즐기며 서울에서 이곳 헝가리까지 긴 여정 동안 아무 일 없이 지켜준 보이지 않는 신들께 감사하며 앞으로의 일정을 정리한다.

1896년 세계에서 두 번째로 개통되었다는 지하철을 타고 본격적으로 부다페스트 여행을 시작했다. 먼저 겔레르트 호텔 앞에 있는 동굴 성당에서부터 부다 지구 여행에 나선다. 바위 동굴 속에 있는 성당은 사방으로 통로가 뚫려 있다. 어두컴컴한 동굴 성당 안으로 들어가자 혹시 출구를 찾지 못하면 어쩌나 하는 두려움이 일어난다. 잠시 성당 중앙에 서서 입구를 확인한 후 조용히 앉아 침묵의 시간을 갖는다. 마음이 고요해지자 성당을 나와 산속 산책로를 따라 해발 235m의 바위산 위에 세워진 자유 상이 있는 언덕으로 향한다.

꼭대기에 이르자 부다페스트가 한눈에 들어온다. 이 언덕에서부터 다뉴브 강가까지 거의 두 시간 이상 산길을 내려와 이곳에서 가장 아름답다는 체인 브리지를 건넌다. 강가 벤치에 앉아 유유히 흐르고 있는 물줄기를 바라본다. 언덕 위에 부다 왕궁, 어부의 요새, 마챠시 교회 건물이 파노라마처럼 펼쳐진다. 눈부신 태양 빛 아래 나무 그늘 밑에서 살랑거리는 강바람을 맞으며 조용히 눈을 감는다. 마음속 깊이 평온이 찾아온다. 나도 모르게 달콤한 오수에 빠진다.

호기심 가득한 마음으로 마치 수백 년 전 역사 속으로 들어가는 것처럼 골목을 따라 새로운 세상 속으로 한 발 한 발 들어간다. 다뉴브강의 보트 위에서는 석양의 선상 파티를 즐기는 사람들이 보인다. 겨울이면 온천 야간 파티도 연다고 한다. 네온사인 현란한 술집과 클럽들이 잠 못 이루는 밤을 보내야 하는 여행객들을 부른다. 부다페스트의 밤이 춤추듯 살아 움직이고 있다.

수많은 야외 카페가 나에게 들어오라고 손짓한다. 어떤 곳으로 들어 가야 할지 잠시 망설인다. 거의 모든 카페가 고색창연하고 아름답다. 멋진 웨이터가 반겨주는 한 야외 카페를 선택해서 저녁을 먹기로 한다. 옆 테이블에 앉은 백발의 노부부가 나와 눈이 마주치자 미소를 보낸다. 한가롭게 카페에 앉아 대화를 즐기는 그들의 모습에서 여유로움이 묻어난다. 먼 이국땅 헝가리의 한 카페에 앉아 홀로 식사를 즐길 수 있는 나만의 여유와 자유에 흠뻑 젖어 행복의 순간을 즐긴다. 공원 벤치에도, 건물 한구석에도 젊은 남녀들이 한데 엉켜 정열을 쏟아붓고 있다. 쉴 새 없이 엽기적인 키스를 해대는 연인들도 있다. 나에게도 저 연인들처럼 억제할 수 없이 격렬한 사랑의 열정에 불타던 시절이 있었던가? 저녁 식사를 마치고 나오자 저녁노을이 더 붉게 다뉴브강을 물들이고 있다. 부다페스트 야경 투어를 하기 위해 유람선을 탔다. 선상 위로 올라가 아름다운 다뉴브 강가에 늘어선 고색창연한 건물들을 감상하면서 하루의 일정을 마무리한다.

삶은 매 순간 선택의 연속이다. 그 순간의 선택들이 모여 삶이 된다. 오늘 하루에도 나는 얼마나 많은 선택의 순간에 섰던가!

기관사들의 파업

밤새 비가 내렸다. 오늘은 카셀에서 출발하여 스위스 바젤에서 기차를 갈아타고 인터라켄까지 가야 한다. 새벽에 일어나 준비를 마치고 집을 나섰다. 카셀역에 도착하여 확인했더니 예약된 기차가 취소되었다. 프랑크푸르트와 카셀 지역 기관사들의 임금 인상 파업으로 기차가 언제 올지 모른다고 한다. 매표소에 들러 조금 늦게 출발하는 기차표로 바꿨다. 하지만 정확하게 몇 시에 그 기차가 도착할지 확답을 해줄 수 없다고 한다.

열차가 들어오기를 조용히 앉아 기다리고 있는데 세 명의 한국인 남자 대학생들이 다가와 도와달라고 부탁한다. 파리까지 가는 기차표를 바꿔야 하는데 영어를 못해서 표를 바꿀 수 없다고 한다. 영어로 의사소통이 되지 않는데도 과감히 외국 여행에 도전한 학생들의 용기를 마구 칭찬해준다. 그리고 매표소로 가서 기차표를 바꿔주었다. 젊음의 향기가 물씬 풍기는 학생들을 도와주고 벤치에 앉아 그들과 소소한 대화를 나누며 무료함을 달랜다. 가끔씩 출발을 알리는 전광판을 주시한다.

11시가 되어도 기차는 오지 않는다. 이제는 기차 출발을 알리는 전광판도 아예 꺼져버렸다.

드디어 12시경에 스위스 바젤행 기차가 플랫폼으로 들어오자 기차를 기다리던 많은 사람들이 환호의 박수를 보낸다. 유럽 사람들의 인내심은 참 대단하다. 거의 네 시간 이상 기차를 기다리면서도 아무도 불평 한마디 하지 않고 묵묵히 기차가 오기를 기다린다.

안도의 숨을 내쉬며 쾌적한 기차 안에서 비 오는 날의 아름다운 풍경을 바라보면서 준비해 간 샌드위치를 먹었다. 카셀에서 바젤까지 다섯 시간 동안 계속 굵은 비가 그치지 않고 내린다. 기차를 타고 오는 내내 내 마음에는 분노나 그 어떤 감정도 일어나지 않는다. 오늘 인터라켄에 도착하지 못하면 어쩌나 하는 걱정의 마음도 일지 않는다. 반드시 인터라켄에 도착할 것이라는 강한 확신만 있었다. 그런 믿음이, 그런 확신이 어디에서 생겨났는지 모른다. 몸은 마음의 추종자이다. 몸과 마음은 긴밀하게 연결되어 있기 때문에 내 마음에 따라 몸이 반응한다. 내 마음에 초조함이 없었기 때문에 침착하게 기다릴수 있었던 것이다.

차창 밖으로 보이는 스위스의 풍광이 한없이 평화로워 보인다. 알프스 산속 푸른 초원 위에 지어진 전통 목조 주택 샬레의 모습이 그림처럼 아름답다. 저런 집에 사는 사람들도 고통이나 아픔이 있을까 하는 어리석은 생각을 해본다. 강과 호수와 산과 초원이 어우러진 환상적인 장관이 끝도 없이 펼쳐진다.

밤늦게 예약된 숙소에 도착했다. 입구에는 빈방이 없다는 사인이 크게 붙어 있다. 주인 여자가 오래전에 예약을 했기 때문에 가장 전망이 좋은 방을 준다고 한다. 삼층 방에 올라 창문을 열자 흰 구름이 뭉게뭉게 피어오르는 거대한 산과 인터라켄 시내가 눈앞에 펼쳐진다. 늦은 밤인데도 아직 환하다. 비에 촉촉이 젖은 도시의 모습이 너무도 고즈넉하게 보인다. 누군가는 비가 오는 날이면 여자와 꽃이 훨씬 더 아름답게 보인다고 한다.

미지의 땅을 향해 떠나는 여행자의 삶은 신비와 새로운 도전으로 가득한 세계다. 스위스에서 설렘 가득한 첫날밤을 맞이한다.

스위스에서 만난 의대생

알프스 산봉우리에 짙은 회색 구름이 잔뜩 끼어 있다. 희뿌연 뭉게구름이 바람결에 흩어진다. 오늘 쉴터 호른의 기온은 영하 15도다. 인터라켄 동역에서 산악 열차를 타고 벵겐으로 향한다. 미리 예약한 숙소에 도착하자 이메일로 연락을 주고받았던 앤젤라가 반가이 맞아준다. 네 명이 함께 쓰는 도미토리를 예약했는데 이층에 있는 개인 객실을 추가 요금 없이 사용하라고 한다. 행운은 이렇게 예고 없이 우연히 다가오기도 한다.

배낭여행자들을 위한 이 숙소는 여주인인 앤젤라가 직접 관리를 하면서 여행자들에게 아침 식사도 제공하는 가정집 같은 곳이다. 식사 시간이면 함께 투숙한 여행자들을 만날 수 있다. 마치 가족처럼 하루 일과를 얘기하면서 여행 정보를 나누기도 한다. 특급 호텔보다 더 아늑한 나만의 침대에 누워 창문밖으로 보이는 융프라우 설산을 바라보면서 대자연에 대한 경외와 감동이 몰려와 가슴이 뭉클해진다.

산악 마을 벵겐은 전기자동차와 마차만 운행되는 무공해 청정지역이다. 공기가 맑은 스위스에서도 가장 공기가 좋은 곳이라고 한다. 코발트빛 하늘과 하얀 뭉게구름, 빙하와 눈으로 덮인 깎아지른 계곡 사의의 봉우리들과 암벽, 청초한 순백의 꽃 에델바이스, 그리고 끝없이 펼쳐진 푸른 초지와 목가적인 풍경은 보는 이의 마음을 마구 뛰게 한다. 이 아름다움을 함께 나눌 수 있는 사람이 옆에 있었으면 좋겠다.

숙소에 여장을 풀고 쿱(식료품 체인점) 마트에 들러서 야채와 과일과 스파게티 재료를 샀다. 숙소 아래층에 마련된 공동부엌에 내려가 저녁을 준비하고 있는데 말레이시아 출신인 유치경이 말을 건넨다. 그는 모스크바 의과대학 일학년인데 일주일 전부터 알프스의 이곳저곳을 하이킹하면서 스위스를 즐기고 있다고 한다. 모스크바 의대에 지원하기 전에 한국과 일본에 있는 의과대학에도 지원을 했는데 학비가 비싸서 비교적 저렴한 모스크바 의대를 선택했다고 한다. 우리는 함께 저녁을 먹으면서 말레이시아와 모스크바에 대해서 그리고 심장 전문의가 되고 싶다는 그의 계획에 대해 이야기를 나누었다. 의대 본과에 들어가기 전에 많은 나라를 여행하고 싶다며 겨울에는 스웨덴에 있는 농장에서 한 달 동안 묵으면서 그들의 문화를 배우고 싶다고 한다. 아직 어린 나이인데도 앞날에 대한 확고한 계획과 그 계획을 위해 열심히 살아가고 있는 청년의 모습이 멋지다. 그는 생동하는 젊음의 싱그러움과 자신감을 겸비

한 사람인 것 같다.

밤이 되자 앤젤라가 방마다 다니면서 야간 스위스 축제에 참석하라고 알려준다. 벵겐 주민들이 관광객들을 위해 틈틈이 시간을 내서 준비한 스위스 민속 축제란다. 요들송을 부르고 아코디언에 맞추어 민속춤을 춘다. 근처 마을 뮈렌에서 왔다는 남자가 스위스 전통 복장을 하고 긴 스위스 호른을 부른다. 관객들은 대부분 외국인이다. 내 옆에 앉은 영국 관광객이 친절하게 많은 설명을 덧붙여준다. 축제장 한쪽에는 기부금 상자가 관광객들을 기다리고 있다.

다른 모습과 다른 문화와 다른 언어를 가진 사람들이 모인 축제! 그 축제 속에 우리는 하나가 된다.

폭우와 무료식사

인터라켄 동역에서 몽트뢰까지 가는 골든패스 파노라마 기차를 탔다. 한 폭의 그림처럼 아름다운 툰 호수를 지나 쯔바이쯔멘에서 다른 종류의 골든패스 기차로 갈아탔다. 파란 잔디 위에 갖가지 꽃들로 장식된 스위스 집들을 바라보면서 그들의 삶을 부러워하고 있는데 안내방송이 나온다. 지난밤 폭우로 인해 선로가 파손되어 더 이상 운행할 수가 없단다. 순간, "기관사 파업에 이어 또 다른 기차 문제라고!" 하면서 화난 마음이 올라온다. 이런 마음의 동요를 알아차린 순간 "또다시 예기치 못한 일이 일어났을 뿐이야."라고 마음을 바꿔 생각한다.

골든패스 파노라마에 타고 있던 승객들이 지시에 따라 미리 준비된 이층 버스로 옮겨 탔다. 버스가 스위스의 작은 마을들을 지나 한참을 달리다가 간이역에 정차하여 기차로 다시 갈아타라고 한다. 이 기차는 한국의 통일호 열차처럼 낡고 느린 기차다. 약 삼십 분 정도를 천천히 달리더니 드디어 몽트뢰역에 도착했다. 역에서 나와 시용성까지 가는 트램을 탔다. 레만 호수 위에 떠 있는 것처럼 보이는 시용성은 이탈리아에서 알프스로 넘어오는 상인들에게 통행세를 징수하기 위해 9세기에 세워졌는데 수차례의 증개축을 거쳐 13세기에 완성되었다고 한다. 시용성 야외 카페에서 점심을 먹으며 레만 호수의 한가로움에 흠뻑 빠져든다.

몽트뢰역에 있는 골든패스 기차 사무실에 들러서 인터라켄으로 가는 기차 시간을 확인했다. 그리고 아침에 일등석 골든패스 기차를 타지 못하고 일반 열차를 탄 것에 대해 차액 환불을 요구했다. 잠시 계산을 하더니 차액을 지불해준다. 기차 선로가 폭우로 파손된 덕분에 완행열차도 탈 수 있었고, 이층 고속버스를 타고 오면서 일정에 없었던 스위스 전원 풍경을 마음껏 즐길 수 있었다. 인터라켄까지 돌아오는 길에도 이층 버스와 모든 역을 정차하는 완행열차를 갈아타고 느긋하게 돌아왔다. 환불받은 돈으로 인터라켄 동역에 있는 멋진 타이 식당에서 푸짐한 저녁을 먹었다.

세상사 모든 일에는 다 일어난 이유가 있는 것 같다. 성공한 데도 이유가 있고 실패한 데도 이유가 있다. 그래서 성공했다고 우쭐할 필요도 없고 실패했다고 실망할 필요도 없다. 모든 일에는 분명한 이유가 있기 때문에 한 생각, 한 마음에 따라 상황이 좌우된다. 만약 내가 일등석을 타지 못하고 삼등석 완행열차로 갈아타야 했을 때 싫어하는 마음이 일었다면 그 아름다운 스위스 전원의 풍경을 마음껏 즐기지 못했을 것이다. 그 덕분에 더 많은 것을 경험할 수 있었고 맛있는 저녁까지 덤으로 먹을 수 있었다.

어쩌면 세상의 모든 일은 우연이 아니라 필연일지도 모른다. 불교에서는 이것을 업이라고 한다.

화장실에 갇히다

커튼을 젖히자 하얀 설산 위에 붉은 태양이 떠오르고 있
다. 구름 한 점 없는 코발트빛 하늘 아래의 눈부신 설산과 빙벽
의 알프스가 위풍당당한 모습으로 아침을 맞이하고 있다. 사방
에 만년설로 뒤덮인 산봉우리에 하루를 시작하는 찬란한 태양
이 물들어간다. 하얗고 높은 산이라는 뜻의 알프스는 풍요로운
대자연의 웅장함과 경이로움을 조용히 간직한 모습이다. 온몸
과 마음이 청명한 아침 공기를 마시며 깨어난다.

오늘은 루체른 호수에서 유람선을 타고 플뤼에렌에 내려
서 다시 기차로 루가노까지 가는 빌헬름 텔 익스프레스 일정이
다. 인터라켄에서 루체른행 열차를 타고 가면서 즐기는 에메랄
드빛 브리엔츠 호수의 경치는 숨이 멎을 정도로 아름다운 장관
이다. 어디를 보나 한 폭의 풍경화다. 그렇게 아름다운 경치를
보여주면서 열차는 두 시간 이상 달리고 있다.

화장실을 가기 위해 열차 연결통로로 나갔다. 이 열차는

아주 낡아서 화장실도 낙후되었다. 열차와 열차가 연결된 부분을 지나가야 하는데 아래 철길이 다 들여다보인다. 그 통로를 간신히 건너 화장실을 사용한 후에 문을 열고 나오려고 하자 문이 열리지 않는다. 좁은 화장실 속에서 문이 열리지 않자 두려움이 일어난다. 문을 쾅쾅 두드려 보았지만 그 소리가 열차 객실 안까지 들릴 리도 없다. 숨이 가빠지고 가슴이 뛰기 시작한다. 잠시 마음을 진정시킨 후 다시 한번 천천히 문고리를 잡고 열어본다. 열리지 않는다. 눈을 감고 심호흡을 하고 다시 시도한 끝에 문이 열렸다. 서둘러 지정 좌석으로 돌아왔지만 두려움과 공포감에 한동안 마음이 소용돌이친다.

루체른역에 도착한 후 유료 물품보관함에 짐을 넣고 시가지를 구경했다. 마치 시간이 정지되어버린 듯 마냥 한가로워 보인 도시다. 고색창연한 도시를 마음에 담고 유람선을 타기 위해 호수로 갔다. 선상에 오르자 까만 양복을 차려입은 승무원이 내 자리로 안내해준다. 이층 선상에 예약한 일등석 자리가 이미 마련되어 있다. 내 좌석은 두 명이 앉을 수 있는 창가의 작은 테이블이 놓인 좌석이다. 테이블 위에는 라벤더를 심은 작은 화분과 촛불과 와인 잔이 준비되어 있다.

루체른 호수를 세 시간 동안 유람한 후 플루에렌에서 기차로 갈아타고 다시 벨린초나에서 루가노행 기차를 갈아타야 한다. 여섯 시간 동안 스위스 남부 산악지대를 관통하는 여정이다. 유람선에 탑승한 승객들은 거의 가족들과 함께 또는 연인과 친구와 함께인데 나만 혼자다. 지정된 테이블에 앉아 와인 잔을 마주치며 건배하는 소리가 나를 살짝 외롭게 한다. 하지만 아무것도 거칠 것 없는 혼자만의 자유를 맘껏 즐길 수 있는 낭만 유람선 여행이 나를 행복하게 해준다. 잔잔한 호수 위에 떠 있는 보트들, 호숫가 야외 식당에서 식사를 즐기는 사람들, 파란 하늘에 하얀 뭉게구름이 여유로움을 더해주고 있다.

잠시 졸다가 풀루에렌에 도착 시간이 거의 가까워져 오자 승무원에게 물었다. 그 승무원은 정색을 하면서 이 배는 풀루에렌역을 지나 다시 루체른으로 향하고 있다고 한다. 예약된 시간에 다음 기차를 타야 하는데. 6시까지는 숙소에 도착해야 하는데. 이제 내 여행은 엉망이 되겠구나! 순식간에 온갖 생각들이 스친다. 어떻게 해야 할지 앞이 캄캄하다. 정색하고 다시 한번 풀루에렌역을 지났냐고 물어보았다. 그때서야 옆에 서 있던 다른 승무원이 빙긋이 웃는다. 순간 모든 것이 농담이었음을 알아차렸다. 종착역에 도착할 때까지 유람선 승무원들과 소박한 일상의 대화를 나누었다.

풀루에렌역에서 일등석 파노라마 열차를 탔다. 이 열차 역시 모두가 가족끼리 휴가를 즐기는 사람들로 가득하다. 목적지까지 수십 개의 터널을 통과하여 거의 6시가 다 되어 루가노역에 도착했다. 서둘러 역 근처에 예약한 숙소로 향한다. 야자 숲

사이에 지어진 호텔 몬타리나의 직원들은 이탈리아와 가까워서인지 이탈리아어도 한다. 이 호텔은 옛 왕궁을 개조한 호텔로 유스호스텔을 겸하고 있다.

숙소에 여장을 풀고 잠시 생각에 잠긴다. 나는 지금 세상의 어느 지점에 와 있는가? 무엇을 찾기 위해 지금 이곳에 와 있는가? 나는 무엇을 찾아 헤매고 있는가? 단지 이국적인 풍경에 매료되어 나와 다른 사람들, 전혀 다른 문화에 대한 호기심만으로 세상을 떠돌고 있는 것일까? 나는 무엇을 기대하고 있는 것일까?

우리에겐 가끔 쉼의 여유가 필요하다. 아무것도 하지 않는 휴식의 시간이 필요하다. 아무 생각도 하지 않는 쉼의 지혜가 필요하다. 이런 생각을 하게 만드는 나만의 시간, 진정으로 여행이 필요한 이유다.

이탈리아의 커플매니저

지중해의 분위기가 물씬 풍기는 호반 도시 루가노는 예술가와 건축가들이 사랑하는 도시란다. 이탈리아와 경계를 이루고 있는 루가노는 스위스 속의 이탈리아라고 한다. 루가노 호수 저편에는 겹겹이 드리운 산 아래에 예쁜 마을이 정겹게 모여 있다. 발코니에 놓인 의자에 앉아 야자수 사이로 보이는 호수를 바라보며 아침을 먹는다. 사람들의 말소리에서 이탈리아 특유의 악센트가 들린다. 쾌활한 이탈리아 사람들의 분위기에 취해 '아무것도 하지 않는 달콤함'의 여유를 잠시 누린다.

다음 목적지인 피렌체행 기차 예약을 하러 루가노역으로 갔다. 창구 직원이 한 손님과 예약하는 시간이 좀 길어지자 뒤에 줄을 서 있던 아주머니가 빨리 일처리를 하라며 화를 내자 안에 있던 직원이 옆 창구로 가라고 소리를 지른다. 아주머니는 말없이 슬그머니 옆 창구로 옮긴다. 이곳에서는 고객을 위한 서비스가 아니라 고객의 필요를 위해 도와주는 것이란다. 손님은 왕이라는 말이 이곳에서는 허용되지 않는 듯하다.

내가 탄 기차는 일등석 최신형 열차다. 쾌적한 일등석 유레일의 여유를 즐긴다. 유럽 열차는 밖에서 문을 여는 것도, 안에서 문을 여는 것도 본인이 해야 한다. 녹색 버튼을 눌러야 문이 열린다. 유네스코 세계유산으로 등록된 벨린쪼나를 둘러본 후 로카르노행 기차를 타고 또 푸니쿨라를 타고 마돈나 델 사쏘로 향한다. 푸니쿨라 안에서 이탈리아의 밀라노에서 왔다는 커플을 만났다. 두 사람은 친절하게 다가와 처음 만난 나에게 여러 가지 개인적인 질문을 한다. 결혼은 했는지, 나이는 몇인지, 직업은 무엇인지 거리낌 없이 사적인 질문을 해댄다. 대답하고 싶지 않은 질문만 계속 던진다. 지나치게 허물없는 두 사람의 과잉 관심이 부담스럽다.

이탈리아 남자들은 동양 여자를 좋아한다며 돈 많은 부자 친구를 소개해주겠다고 한다. 이웃에 사는 한국 여자가 이탈리아 갑부와 결혼해서 행복하게 잘살고 있다며 내 눈치를 살핀다. 그냥 미소로 웃어넘긴다. 그러나 계속 끈질기게 몇 살이냐고 물으며 마치 커플매니저라도 되는 것처럼 집요하게 관심을 보인다. 빨리 이 사람들과 헤어져야겠다는 생각을 한다. 이탈리아풍의 아름다운 교회 마돈나 델 사쏘에 도착하자 서둘러 두 사람과 작별 인사를 했다. 그들과 헤어지자 마음이 홀가분해졌다. 난간에 기대어 마조레 호수를 내려다보면서 잠시 깊은 상념에 빠져 있는데, 조각상처럼 깎아놓은 것 같은 비주얼의 멋진 젊은 신사가 다가온다. 아름다운 호수를 배경으로 나를 담은 예술 사진 한 컷을 찍어주겠다고 한다.

　돌아오는 기차 안은 일요일이어서 그런지 한산하다. 검표원조차 보이지 않는다. 몇 번이나 기차를 갈아탔는데 한 번도 표를 검사하지 않는다. 아마도 일요일에 일할 사람을 고용하느니 차라리 검표하지 않는 것이 더 현실적일지도 모른다. 기차 안에는 나 이외에 아무도 없다. 열차 한 칸을 다 차지하고 혼자만의 고독한 자유를 즐긴다.

　유럽은 가는 곳곳마다 역사 깊은 건물들이 즐비하고 한가로이 야외 카페에 앉아 늦은 아침 식사를 즐기는 노부부의 모습이 한없이 한가롭고 평화롭게 보인다. 인생은 멀리서 보면 희극, 가까이에서 보면 비극이라고 하지 않았던가! 부러워하지 말자! 복잡한 서울 거리를 떠올린다. 어떤 외국 친구는 역동적인 서울의 모습에서 삶의 활력과 에너지를 얻는다고 한다.

　내가 어디에 있든 무엇이 중요할까? 중요한 것은 내 마음이다. 지금 내가 있는 이곳이 나의 유토피아다.

내 사랑 그대, 헤르만 헤세

밤새 천둥번개가 요란하게 밤하늘을 갸르면서 폭우가 쏟아졌다. 간밤에 내린 비로 촉촉이 젖은 야자수가 유난히 싱그러운 아침이다. 어디선가 교회 종소리가 들려오고 온갖 새들이 노래하는 힘찬 아침이 밝았다. 헤르만 헤세가 사십 년을 살았다는 제2의 고향 몬타뇰라로 가는 노란색 시외버스를 타기 위해 루가노 역사로 갔다.

헤르만 헤세는 내 사춘기 시절을 함께해준 구원의 영적 동반자였다. 『데미안』, 싱클레어, 『싯다르타』, 『나르치스와 골드문트』! 『데미안』에 실린 명대사를 나는 아직도 기억하고 있다. "새는 알에서 깨어 나오려고 투쟁한다. 알은 세계다. 다시 태어나려는 자는 자신의 세계를 깨뜨려야 한다." 그때부터 나는 헤르만 헤세와 깊은 사랑에 빠졌다. 스위스 여행을 계획했을 때부터 헤세가 말년을 보냈던 몬타뇰라를 여행지 목록에 포함했다.

200

먼저 헤르만 헤세의 행복했던 일상을 엿볼 수 있는 기념관을 방문했다. 헤세는 독일인이었지만 스위스 바젤과 베른에서 생활했으며 말년에는 몬타뇰라에서 여생을 마감했다. 중세의 탑을 개조한 헤르만 헤세 기념관에는 그가 집필한 저서와 사진, 생전에 사용했던 타자기와 펜 등의 애용품과 이곳에 와서 그린 수채화가 전시되어 있다. 프로이드, 융, 토마스만에게서 받은 편지도 그대로 보관되어 있다. 기념관에는 입구를 지키는 사람 이외에 아무도 없다. 그 관리인은 유일한 방문객인 나에게 기념관 내부를 소개해주면서 헤르만 헤세의 삶에 대해 긴 강의를 해준다. 1962년 세상을 하직하기 일주일 전에 썼다는 유작 엽서에 내 마음이 멎는다. "너무 긴 생명과 너무 긴 죽음에 지쳐버렸다."

기념관에서 나와 '헤르만 헤세의 길'로 향한다. 헤르만 헤세가 시상을 떠올렸던 산책로를 따라 그의 발자취를 더듬어본다. 눈앞에는 겹겹이 산이 펼쳐져 있고 그 아래로 아름다운 호수가 그림처럼 떠 있다. 호수 주변에는 주황색 기와를 이은 집들이 옹기종기 모여 있다. 싸이프러스 나무가 길게 늘어선 전원 속 아본디오 성당과 헤세가 거닐었던 마을과 호숫가로 통하는 산책로는 그의 행복했던 삶의 흔적을 지금도 고스란히 담고 있다. 한적한 성당 길로 이어지는 산책로, 유명 인사들이 묻힌 아름다운 묘지로 이어지는 산책로를 거닐어본다. 그 묘지에 헤르만 헤세가 잠들어 있다. 울창한 숲이 우거지고, 이름 모를 꽃들이 흐드러지게 피어 있는 산책로를 거쳐 호수를 끼고도는 평화로운 산책로를 한가롭게 걷는다. 마치 헤르만 헤세의 영혼의 숨결을 따라 걷고 있는 것만 같다.

산책로를 걸으면서 나도 멋진 시 한 편을 쓸 수 있을 것만 같았다. 간혹 할머니와 할아버지들이 산책로를 따라 한가로이 오갈 뿐이다. 군데군데 '헤르만 헤세의 오솔길로 향하는 헤르만 헤세 발자취'라는 표지판이 눈에 띈다. 호숫가 벤치에 길게 누워 빨려 들어갈 것 같은 짙푸른 하늘과 마주한다. 따스하게 스미는 햇볕에 나른한 피로감이 밀려온다. 여행의 고단함을 잠시 잊고 스르르 눈을 감는다. 잠시 달콤한 오수에 빠져든다.

한창 방황하던 사춘기 시절에 니체와 쇼펜하우어, 헤르만 헤세의 심오한 가르침은 마치 칠흑 같은 어두운 밤바다에서 발견한 등대와 같았다. "신은 죽었다"(니체). "세상에서 가장 행복한 사람은 태어나지 않은 사람이고 두 번째로 행복한 사람은 태어나자마자 죽은 사람이고, 세 번째로 행복한 사람은 철들기 전에 죽은 사람이다"(쇼펜하우어). "우리는 고통은 느끼지만 고통이 없는 것은 느끼지 못 하며, 걱정은 느끼지만 걱정이 없는 것은 느끼지 못하고, 무서움은 느끼나 안전은 느끼지 못 한다"(쇼펜하우어).

거장은 사라져도 그의 작품은 영혼의 안식처로 남는다.

버스표 유효시간

    루가노에서는 어디를 가나 무궁화를 쉽게 볼 수 있다. 한
국 국화인데도 우리나라에서는 거의 볼 수 없는 꽃이 이곳에는
많다. 우리 꽃 무궁화를 왜 우리나라에서는 많이 심지 않은지
의문이다. 일본 국화인 벚꽃은 매년 늘어나는데 무궁화는 식물
원이나 특정한 곳에 가야만 볼 수 있다. 희귀한 꽃이 더 고귀하
고 소중하다고 스스로 위안 삼는다.

    스위스에는 간판이 거의 없다. 우리나라에는 한 상점에
몇 개씩 있는 간판이 이곳에서는 잘 볼 수 없다. 깨끗해 보이지
만 특정 건물을 찾으려면 안에 들어가 확인해야 정확하다. 또
한 가지 특이한 점은 이곳 사람들은 길에서 마주쳐도 서로 인
사를 하지 않는다. 습관처럼 미소를 보내도 인사말을 해도 힐
끔 쳐다만 보고 지나갈 뿐이다. 마치 화난 사람 같다. 낯을 가
리는 아이 같다.

    시외버스를 타고 역 근처에서 내려서 루가노 호숫가로 갔

다. 대부분 호숫가에 있는 집들은 언덕 위에 좁은 골목을 사이에 두고 바짝 붙어 있다. 아침에 사용하지 못한 버스표를 이용하여 호수 근처까지 내려갔다. 한동안 벤치에 기대어 한가롭게 잔잔한 루가노 호수를 바라보며 나른한 오후를 즐긴다. 무심코 조금 전에 사용했던 버스표를 보니 표를 산 후 한 시간 동안만 유효하다고 쓰여 있다. 그 표는 아침에 산 것이다. 다시 버스를 타고 숙소로 돌아가야 하는데 유효시간이 지난 그 버스표를 써보기로 했다.

숙소로 돌아가는 버스 운전기사에게 표를 보여주면서 나는 잔뜩 긴장했다. 운전기사는 다행히도 자세하게 표를 보지 않았다. 좌석에 앉아서도 계속 마음이 편하지 않았다. 혹시 표를 다시 보자고 하면 어떻게 할까 하는 조바심이 일어났다. 버스표의 유효시간이 지난 것을 모르고 사용했을 때는 아무렇지도 않았는데 이미 시간이 지난 표라는 사실을 알고 난 후부터는 안절부절 초조했다. 마치 도둑질을 한 후 들키지 않을까 잔뜩 긴장한 아이 같다. 단지 알았다는 것과 몰랐다는 것의 차이였을 뿐인데 내 마음은 극과 극을 달렸다. 불편한 마음 때문에 경치 구경도 제대로 하지 못했다. 버스가 목적지에 도착하고 서둘러 빠져나온 후에야 안도의 숨을 내쉬었다.

비가 내리려는지 바람에 이는 미루나무 잎 소리가 유난히 크게 들린다. 잔뜩 찌푸린 하늘처럼 내 마음도 칙칙하다. 문득 혼자라는 외로움이 짙게 몰려온다. 외로울 때 함께할 누군가가 있었으면 좋겠다. 누군가 말할 사람이 옆에 있었으면 좋겠다. 누군가에게 아름다운 것을 보면서 아름답다 말하고 싶다. 좋은 것을 보면서 함께 좋아하고 싶다. 길을 찾지 못하고 헤맬때, 의논할 친구가 있었으면 좋겠다. 손을 잡고 함께할 누군가가 옆에 있었으면 좋겠다.

사랑한다고 말할 수 있는 사람이 옆에 있었으면 좋겠다. 사람 속에 있어도 사람이 그립다.

로마 속으로 시간 여행

아침부터 햇볕이 따갑다. 로마의 햇볕은 그 어느 곳보다 강렬하다. 작열하는 태양열과 푹푹 찌는 폭염으로 인한 지열 때문에 숨이 컥컥 막힌다. 마치 살이 타는 것 같다. 테르미니역에서 일일 승차권을 사서 18세기에 공개처형 장소로 쓰였다는 뽀뽈로 광장으로 향한다. 로마는 어느 골목, 어느 방향으로 가든 거대한 건물과 사적지로 가득 찬 역사박물관이다. 이름도 알 수 없는 건물 사이를 지도 한 장 펼쳐 들고 돌아다닌다. 걷다가 다리가 아프면 광장 한쪽에 앉아 수백 년 동안 꿋꿋하게 버텨온 건물들을 아무 생각 없이 바라보기도 하고 마음에 드는 카페에 앉아 젤라토를 먹으며 더위를 식히기도 한다.

영화 〈로마의 휴일〉로 유명해진 트레비 분수, 모든 신을 위한 신전이라는 판테온도 돌아본다. 판테온 신전은 로마에서 가장 오래된 돔 구조로 화가인 라파엘로의 무덤이 있는 곳이다. 차량 통행이 금지된 나보나 광장 남쪽에 있는 무어인의 분수가 내 눈길을 끈다. 광장에는 초상화를 그리는 무명 화가들,

로마 풍경화를 팔고 있는 상인들과 여행객들로 꽉 차 있다. 나보나 광장은 로마를 대표하는 아름다운 분수와 꿈을 키우는 거리의 예술가들을 만날 수 있는 곳이다.

그늘진 한 건물 계단에 앉아 잠시 피로한 몸과 지친 마음을 쉰다. 물끄러미 스쳐 가는 사람들을 바라보고 있자니 저절로 철학자가 된 기분이다. 눈에 보이는 모든 것들은 잠시 다가왔다가 사라진다. 아무리 아름다운 광경일지라도 그것은 찰나의 순간일 뿐 영원히 내 눈앞에 존재할 수 없다. 내가 눈을 뜨면 세상이 보인다. 내가 눈을 감으면 세상이 묻힌다. 내가 있기 때문에 세상이 있고, 내가 없으면 세상도 없다. 모든 것은 나로부터 시작된다. 모든 것은 나로부터 끝난다. 나는 세상의 시작이며 세상의 끝이다. 나는 고통의 원인이며 행복의 근원이다. 그래서 행복은 오직 나만이 만들 수 있는 나의 선택이다. 한동안 생각하는 철학자가 되어 깊은 상념에 젖어든다.

고독한 철학자 노릇을 접고 원형극장 콜로세움으로 갔다. 온몸에 땀이 흘러내려 걷기도 힘들다. 역사적인 현장을 카메라에 담고 고대 로마의 중심지 역할을 했던 포로 로마노로 발길을 옮겼다. 지금은 화려한 과거를 짐작게 하는 기둥과 초석만 남아 있다. 로마는 어디를 가든 수천 년의 역사를 자랑하는 건물들이 제각기 아름다움을 뽐낸다. 한때 세계의 중심이었던 로마의 부귀영화와 강력한 힘이 느껴진다. 그래서 모든 길은 로

마로 통한다고 했던가! 이른 아침부터 늦은 오후까지 지하철을 타고, 버스를 타고 이곳저곳을 다니면서 경찰관에게 길을 물으면서 목적지를 찾아다녔다. 경찰관 이외의 사람들에게는 길을 물어도 잘 알지 못한다. 거의 대부분의 사람들이 여행자들이기 때문이다.

이탈리아 사람들은 우리와 많이 닮은 것 같다. 성격도 급하고 잘 웃지 않고, 영어로 무엇을 물어보려고 하면 말을 꺼내기도 전에 영어 할 줄 모른다며 도망간다. 마트에서 줄을 서 있을 때도 앞 사람이 조금만 지체하면 뒷사람이 금방 조바심을 낸다. 싸울 때도 목소리 큰 사람이 이긴다. 이성보다는 감정이 우월한 사람들인 것 같다. 한편으로는 다른 유럽 나라보다 정이 많고 친절한 사람들을 만날 수 있다. 로마에 도착하기 전에 소매치기가 많은 곳이니 주의하라는 염려의 소리를 많이 들었지만 내가 느낀 로마는 안전해 보였다. 어디에서든 조심하면 된다.

이제는 지하철을 타고, 버스도 타면서 로마 곳곳을 다녔기 때문에 관광지의 위치가 머릿속에 그려지는 것만 같다. 가이드 투어를 하면 역사적 설명도 들을 수 있고 또 편하게 여행을 할 수 있지만 나는 아직도 편한 행복보다 약간은 불편하지만 고독한 자유가 좋다. 어차피 산다는 것은 혼자 가야 하는 외로운 여행이다. 혼자 가야 한다면 그 고독을 즐기자.

메멘토 모리! 언젠가는 죽는 존재임을 기억하고 인생을 진지하고 겸손하게 살라. 카르페 디엠! 현재 순간에 충실해라. 아모르 파티! 운명을 사랑하라. 자신의 삶을 있는 그대로 받아들이고 사랑하고 적극적으로 살아라. 인생을 현명하게 살아가는 훌륭한 태도다.

우리는 그 누구도 예외 없이 언젠가는 죽을 수밖에 없는 존재임을 잊지 말고 현재 이 순간을 잘 살아내라는 뜻이다. 주어진 자신의 삶을 수용하고 적극적인 삶을 살라는 명언이다. 로마의 한 길거리에 앉아 멀고 먼 옛날 우리의 짧은 인생을 노래한 시인 호라티우스를 떠올린다.

화장실이 없는 호텔

새벽 일찍 아드리아해의 푸른 바닷가로 나갔다. 어젯밤까지도 좁은 수로 위로 곤돌라 행렬이 줄을 이었고, 뱃사공의 아리아와 아코디언 선율이 골목을 꽉 메웠는데 지금은 모두가 잠든 고요한 아침이다. 곤돌라도 곤돌리에(사공)도 어둠과 함께 곤히 잠들어버렸다. 불과 몇 시간 전만 해도 수많은 인파가 거리에 북적였는데 지금은 홀로 산마르코 광장을 온통 차지할 수 있는 한적함이 좋다. 비둘기를 쫓기도 하고 사람이 없는 탄식의 다리로 가서 사진도 찍고 바닷가 벤치에 앉아 생경한 아침 공기를 마음껏 들이마신다.

바다를 바라보며 넋 놓고 있던 그때 갑자기 화장실이 가고 싶어졌다. 위급한 상황이 발생했다. 어제 산책하다가 근처에서 보았던 공중화장실로 뛰어갔는데 9시가 되어야 문을 연다는 안내 문구가 보인다. 영업을 시작하려고 준비하고 있는 카페로 뛰어가서 화장실 사용을 부탁해 보았지만 화장실이 없다고 한다. 근처 호텔로 가보라고 퉁명스럽게 쏘아붙인다. 다시 가까운 호텔로 정신없이 뛰어가서 화장실 사용을 부탁했다. 자기 호텔에는 객실 이외에 화장실이 없다고 한다. 거짓말쟁이 이탈리아 사람들! 화가 났다. 더 이상 화장실 구걸을 포기하고 까마득히 떨어진 숙소를 향해 뛰었다.

유럽 여행 중에 가장 힘들었던 점은 화장실 사용이 자유롭지 못하다는 것이다. 그러나 지구 환경을 위해 자기의 배설물은 스스로 처리해야 한다는 그들의 방식 때문이라고 하니 따를 수밖에 다른 방도가 없다. 배설하지 말든 배설하려면 배설물 값을 지불하라는 것이다. 그런데 배설물 값을 지불하려고 해도 지불할 화장실이 없는 경우도 있으니 난감하다.

예약한 기차 시간이 아직 많이 남아 있는데 바로 짐을 챙겨서 수상 버스를 타고 산타루치아역으로 갔다. 화장실을 찾다가 지쳐서 더 이상 머무르고 싶은 마음이 없어져 버렸다. 기차역 근처 유료 사물보관함에 짐을 맡기려고 갔는데 기다리는 사람들이 너무 많다. 그래서 여행용 가방을 끌고 가까운 성당에 가서 쉬면서 허둥지둥 베네치아 숙소를 빠져나온 내 마음을 들여다보기로 한다. 싫은 것은 조금도 참지 못하는 사람이 바로 나다. 화장실에 갔다 온 후 다시 여행을 즐기면 될 텐데 그걸 참지 못하고 짐을 챙겨 나와버린 내 모습이 우습다. 그런 내가 창피하고 부끄러웠다. 너무도 작고 초라한 내 마음이 보인다. 성모 마리아시여, 불쌍한 이 여자를 측은히 여기소서!

이제 기차를 타고 일곱 시간 동안 세 나라의 국경을 넘어야 한다. 이탈리아에서 오스트리아로, 오스트리아에서 독일로 넘어가는 장시간의 여정이다. 다음 정차역에서 여섯 명의 미국인 여행자들이 건너편 좌석에 앉았다. 잠시 후 한꺼번에 어디론가 몰려가더니 불평에 가득 찬 소리로 떠들면서 금방 돌아온다. 승무원이 지나가자 왜 점심을 주지 않느냐며 따진다. 그들은 일등석 표를 사면 식사가 포함된 줄 알았다고 한다. 미국인들의 목소리와 태도에서 거만함이 느껴진다. 큰소리로 불평을 하면서 승무원에게 따진다. 여섯 명이 한꺼번에 불만을 토로하는 모습이 거만한 멍청이들 같다. 미국인들의 목소리가 기차 안에 가득 퍼진다. 시끄럽다. 그래도 계속 알아들을 수도 없는 이탈리아 말만 듣다가 무슨 말을 하는지 이해할 수 있는 영어가 들려서 좋다. 기차가 오스트리아에 도착하자 여권 검사를 한다. 검표를 받자마자 꿈결 같은 깊은 잠 속으로 빠져들었다. 달콤한 잠에 취해 시간마저 멈춰버렸다.

예술가의 도시 슈바빙

뮌헨역에서 기차로 약 두 시간 동안 아름다운 초원지대와 한적한 전원을 지나 퓌센에 도착했다. 찌는 듯한 날씨인데도 기차 안에는 에어컨이 없다. 퓌센의 노이슈반슈타인성은 월트디즈니성의 모델이 된 곳이다. 오늘의 목적지다. 퓌센은 작은 마을인데 성당과 분수대와 집들이 조화롭게 어우러져 있는 아름다운 마을이다. 양쪽 산꼭대기에 있는 노이슈반슈타인성과 호엔슈방가우성을 관람하고 마을로 내려와 작은 골목을 따라가면서 전원의 정취를 느껴본다. 야외 카페에서 많은 사람들이 차를 마시기도 하고 아이스크림을 먹기도 하면서 담소를 즐기고 있는 모습이 평화로워 보인다. 혼자서 한 자리를 차지하고 나만의 여유를 즐기며 그들과 한 무리가 된다.

비올라를 공부하고 있는 한 유학생과 뮌헨의 도심 속 공원인 영국공원으로 갔다. 공원 중앙을 흐르고 있는 강가에는 수많은 인파로 북적댄다. 잔디밭에 누워 책을 읽는 사람들, 일광욕을 즐기는 사람들, 수영하는 사람들, 호수에서 배를 타는 사람들, 자전거를 타는 사람들, 카페에서 저녁을 먹는 사람들, 혼자 맥주 한 잔을 시켜놓고 신문을 보는 사람들이 어울려 각기 다른 방식대로 여유를 즐기고 있다. 우리도 큰 잔에 맥주와 간단한 바이에른 지방의 대표 음식 슈바이네 학센(독일식 훈제 족발 요리)을 사서 중국 탑 앞 야외 테이블에 앉는다. 벌써 수많은 사람들이 맥주잔을 기울이며 대화를 나눈다.

맥주 한 잔으로 더위를 식히고 뮌헨을 대표하는 예술가의 거리 슈바빙으로 발걸음을 옮겼다. 쭉쭉 뻗은 포플러 나무가 숲을 이룬 거리 카페에는 많은 사람들로 꽉 차 있다. 키가 어마하게 큰, 걷는 사람 모양의 하얀 동상이 이곳의 상징물이다. 슈바빙 거리는 대학생들과 예술가들의 거리이며 자유와 젊음과 낭만과 열정이 살아 숨 쉬는 곳이란다.

슈바빙은 서른하나의 젊은 나이에 생을 마감한 전혜린 작가의 『그리고 아무 말도 하지 않았다』로 유명해진 곳이다. 사춘기 시절 전혜린의 책을 읽으면서 언젠가는 나도 슈바빙에 반드시 가보겠다고 생각했었다. 한국전쟁이 끝난 지 얼마 되지 않은 그 시절에 전혜린이 입학했다는 뮌헨대학을 둘러보며 그녀의 용기와 열정을 떠올려본다. 무제한의 정신적 자유를 목마르게 외쳤던 작가, 그 자유의 진정한 의미는 무엇이었을까? 검은 옷을 즐겨 입고 검은 스카프를 늘 두르고 다녔다는 까만 눈동자의 전혜린, 그녀의 죽음은 예견된 것이었을까? 전혜린이 자주 갔다던 카페에 앉아 차 한 잔을 시켜놓고 물끄러미 거리를 바라보고 있자니 방황했던 내 젊은 시절이 계절처럼 스쳐 지나간다. 전혜린이 사랑했던 거리 슈바빙! 그녀의 방황과 고독과 세상과 타협할 수 없었던 자유에 대한 갈망이 고스란히 묻어나는 듯하다.

다음 날 새벽녘에 숙소 근처에 있는 님펜부르크성으로 산책을 나갔다. 집 주인인 유학생은 침대가 자꾸 끌어당겨서 일어날 수 없다고 농담을 해서 남겨두고 혼자 나선다. 님펜부르크성은 바이에른 왕가의 여름 별궁으로 쓰였던 곳이다. 이른 아침 인공 호수 위에는 수많은 거위 떼들과 백조들이 한가로움을 더해주고 있다. 성 앞에서부터 이어지는 강가를 따라 아침 산책을 즐긴다.

점심 무렵 유학생과 함께 유반(뮌헨 지하철)을 타고 마리엔 광장에 위치한 신 시청사, 구 시청사, 프라우엔 교회를 둘러보았다. 한인이 운영하는 슈퍼마켓에 들러 간이 식탁에 앉아 오랜만에 쌀밥을 먹었다. 슈퍼마켓 주인은 독일에 온 지 삼십 년이 넘었는데 이제는 한국으로 돌아가고 싶어도 마음뿐이란다. 한국은 결코 다시 돌아갈 수 없는 마음의 고향이 되어버렸다고 말하는 그의 모습에서 고국에 대한 그리움이 스친다.

암스테르담 홍등가

네덜란드는 내가 여행했던 유럽의 여러 나라 중에서 가장 개방적이고 소박하며 친절한 나라인 것 같다. 뉴욕의 조상이 네덜란드 사람이라는 것을 어디선가 읽은 기억이 난다. 그래서 다른 유럽인들과는 다르게 네덜란드 사람들은 미국인들처럼 개방적이며 진보적인 성향을 지닌 것 같다. 네덜란드는 낮은 땅이라는 뜻이 말해주듯이 대부분의 땅이 해수면보다 낮은 습지이고 바다에서 불어오는 염분 때문에 식물이 자랄 수 없는 죽음의 땅이며 신도 버린 땅이라고 한다. 제2차 세계대전 당시 독일군마저도 폭파할 가치조차 없는 불모지라고 포기했던 곳이란다. 그런 불모의 땅을 비옥한 땅으로 바꾼, 강인한 사람들이 개척해낸 땅이 네덜란드다.

네덜란드는 산이 거의 없고, 지반이 약해서 초고층 건물이 많이 없다. 조금만 도시를 벗어나면 양과 소 떼들이 한가로이 풀을 뜯고 있는 초원의 모습이 펼쳐진다. 현대적인 도시와 목가적인 전원이 가까이에 공존하는 땅이다. 끝없는 목초지가 만

들어낸 지평선과 운하와 풍차와 튤립의 나라 네덜란드는 세계
적인 거장 반 고흐와 렘브란트의 예술적 감상을 탄생시키기에
충분한 곳이라는 생각이 든다.

　유람선을 타고 운하 양쪽에 즐비한 역사적 건물들을 보기
로 했다. 네덜란드에서 운하는 길과 같다. 운하를 따라 실제 사
람이 살고 있는 보트 하우스와 각양각색의 건물들이 깊은 역사
를 말해주고 있다. 보트 위에서 음악을 들으며 맥주 한잔을 즐
기는 사람들이 자주 보인다. 유람선을 타고 가다가 관심 있는
곳이 있으면 내려서 구경한 후 다시 유람선을 탔다. 이렇게 거
의 하루를 꼬박 유람선을 타고 내리고 다시 타고를 반복하면서
암스테르담 운하의 낭만을 즐겼다.

　담 광장 주위의 골목길을 걷다가 우연히 담락거리에 이르
렀다. 이곳은 암스테르담에서 가장 유명한 곳, 세계에서 가장
화려하고 거대한 홍등가이다. 생소한 거리의 모습에 순간 당황
했다. 벌써 영업 준비 중인 붉은 윈도 안에는 속옷 차림의 매춘
부들이 손님을 기다리고 있다. 인류 최초의 직업은 매춘부라고
한다. 매춘과 마리화나, 동성결혼이 합법인 나라, 네덜란드! 거
리에는 섹스 기구, 잡지 등을 파는 가게, 무대 위에서 실제로 섹
스를 하는 극장, 스트립쇼를 하는 바, 섹스 박물관, 창녀 박물관
의 붉은 불빛이 환락의 홍등가를 보여주고 있다. 커피숍에서도
자유롭게 대마초를 피울 수 있다고 한다. 거리에는 벌써부터

인사불성으로 취해 쓰러져 있는 사람들이 보인다.

불모의 땅을 기적의 땅으로 바꾼 네덜란드는 유럽에서 근로시간이 가장 짧은 나라인데도 국내총생산이 53,000달러를 넘는다. 네덜란드는 4월 말이면 절정에 이른 튤립 꽃밭이 세계 사람들을 불러 모으는 나라이며 가장 키 큰 사람들의 땅이다. 세계 행복지수 6위를 차지한 나라이기도 하다. 네덜란드인의 88%가 자신이 행복하다고 느낀단다. 유엔 세계 행복보고서에 따르면 2021년 한국의 세계 행복지수는 62위이다.

오늘도 많은 생각을 일으킨 하루였다. 사람들을 볼 때마다 시시각각 사람에 대한 생각을 일으키고 판단하려고 한다. 친절한 사람을 만나면 기분이 좋아지고, 길을 물었을 때 외면하는 사람을 보면 괜히 울적해진다. 길에 앉아 구걸하고 있는 사람을 보면 연민이 일어난다. 내 마음은 눈에 보이는 현상, 귀에 들리는 소리에 따라 수없이 변하고 또 다른 생각을 일으킨다. 마음은 단 일초도 수없이 변하고 또 다른 생각을 일으킨다. 마음은 단 한 순간도 그대로 머물지 못하는 변덕스러운 요물이다.

뉴질랜드 키위

　　뉴질랜드에서 온 젊은 청년 루크와 함께 지리산 등산을 하기로 했다. 2박 3일 만에 천왕봉을 기점으로 지리산을 완주하는 힘든 코스다. 우리 일행 다섯 명은 지리산에 있는 산장에서 이틀 밤을 묵을 채비를 하고 떠났다. 등산을 별로 해본 적이 없는 내게 지리산 완주 등반은 큰 도전이었다. 나를 제외한 네 명은 마치 등산 전문가 같았다. 계속 뒤처지는 나를 앞에서 끌어주고 뒤에서 밀어 무사히 산행을 마쳤다. 이것이 인연이 되어 루크는 나를 뉴질랜드로 초대했다.

　　찌는 듯이 무더운 한국을 떠나 이제 막 겨울이 시작된 오클랜드 공항으로 향했다. 평소 비행기의 복도 쪽 좌석을 선호하는 나는 세 명이 앉을 수 있는 복도 좌석을 예약했다. 내가 좌석에 이르자 가운데 자리에 앉은 건장한 서양 청년이 너무도 반갑게 나를 맞이한다. 그런 청년이 의아해서 전에 나를 만난 적이 있냐고 묻자 초면이란다. 왜 그렇게 나를 환영하느냐고 물었더니 내가 너무 왜소하고 키가 작아서 그랬단다. 그 청년은 못 되어도 180cm가 넘는 키에 내 몸무게의 두 배도 훌쩍 넘어보인다. 그런 사람이 세 사람이 앉는 가운데 자리에 앉아 있다. 이미 두 다리는 내 좌석 쪽으로 비스듬히 뻗고 앉아 있다. 만약 내가 키가 크고 몸무게가 육중했다면 그는 열두 시간 내내 좁은 자리에 앉아 지옥을 경험했을 것이다. 작은 내가 이렇게 성대한 환대를 받기는 처음이다. 청년은 뮌헨에서 법학 공부를 하고 있다고 자기소개를 한다.

키가 크든 작든 누구나 환영 받을 자격이 있다. 태어난 존재는 무엇이든 모두 소중하다. 우리는 세상에 하나밖에 없는 존재이며 모두 사랑받을 자격이 있고 특별한 존재이며 소중하다. 법학도 청년이 자꾸 말을 건넨다. 청년의 말소리가 자장가처럼 들려온다. 물밀듯이 잠이 쏟아져온다. 한참을 애기하다가 나도 모르는 사이 잠이 들었다. 하늘에서 계속 잠을 잤다.

오클랜드 공항에 도착하자 루크와 그의 스웨덴 여자친구가 반갑게 나를 맞이해준다. 한국을 출발하기 전부터 뉴질랜드 국내선 항공권과 약 한 달 동안 여행할 곳의 숙소, 그리고 버스, 기차, 유람선 등 여행에 필요한 모든 예약을 마치고 뉴질랜드로 향했다. 루크는 자기를 키워준 할머니를 소개해주고 싶다며 할머니 집으로 나를 데려갔다. 할머니 자네트는 고등학교 영어 교사로 은퇴한 후 자원봉사를 하면서 새로운 인생을 시작하고 있다고 한다. 정원 가꾸는 것이 취미라는 자네트의 집은 온갖 꽃들로 가득했다. 정원 모퉁이 자쿠지에 뜨거운 물을 받아놓고 나에게 목욕을 권한다. 밤하늘의 별을 보며 싱그러운 꽃향기를 맡으며 따뜻한 물속에 앉아 있던 그 순간은 절세 미인 양귀비도 부럽지 않았다. 그날 밤 오클랜드에 예약해 놓은 숙소를 취소하고 자네트 집에서 하룻밤을 보냈다.

달콤한 꽃향기에 취해 아침이 밝은 줄도 모른 채 곤히 잠을 잤다. 자네트는 커피와 크루와상, 햄과 달걀을 준비해놓았다. 함께 커피를 마시면서 자네트는 오클랜드에 예약한 모든 숙소를 취소하고 며칠만이라도 자기와 지내자고 한다. 그때부터 우리는 루크의 존재는 아예 잊어버리고 둘만의 시간을 즐겼다. 함께 영화도 보고 자네트의 친구 집에 놀러 가서 점심 식사도 함께하고 자원봉사하는 곳에도 들렀다. 영화 〈피아노〉의 촬영지인 피하 해변을 거닐며 우리는 새로운 우정을 쌓았다. 예쁜 정원의 주인은 새로 만난 한국 친구가 아주 맘에 드는 모양이다.

세상 사람들의 마음은 어디를 가나 다 비슷한 것 같다. 내가 진정 좋은 마음으로 다가서면 그들 또한 좋은 마음으로 다가온다. 밝고 행복한 에너지는 행복한 에너지를 끌어당기고 어둡고 불행한 에너지는 불행한 에너지를 끌어당기는 유인의 법칙처럼 사람의 마음도 같은 에너지로 끌리고 전해진다. 마음은 파장이기 때문이다. 어떤 파장을 내야 하는지 그것은 자신의 선택이다. 그 선택의 결과 또한 자신의 몫이다.

자네트와 행복에 겨운 며칠을 보내고 다음 목적지를 향해 떠나는 날 아침, 루크가 나를 배웅하기 위해 왔다. 듬직한 그 남자는 한쪽 어깨에는 내 배낭을 메고 두 팔로는 여행가방을 들쳐안고 가까운 버스터미널로 성큼성큼 걸어갔다. 그의 뒤를 따라가면서 보니 맨발이었다. 키위(뉴질랜드에서 태어난 백인)들은 맨발로 헐렁한 민소매 차림에 반바지를 즐기며 남의 시선 따위는 신경 쓰지 않는다고 한다. 냉동육, 번지점프, 물 위를 나는 비행기인 해밀턴 제트보트 등 많은 유명한 발명품을 키위들이 고안해냈다고 한다. 늘 태평하고 느긋하며 친절하고 자연을 끔찍이 사랑하는 사람들이 키위라고 한다. 가장 뉴질랜드 사람다운 키위들은 근면하고 성실한 사람들이다. 루크는 내가 뉴질랜드에서 만난 가장 믿음직하고 친절한 키위다.

4부

미얀마 에피소드

고양이 똥 찾기

미얀마 만달레이에서 북동쪽으로 60km 정도 떨어진 삔우린이라는 휴양도시는 영국 식민지 당시에는 메묘라는 명칭을 썼다. 메묘는 영국군 장교인 메이 대령이 살던 마을이라는 뜻이다. 나는 겨울방학이면 내 삶의 한 부분을 이곳 삔우린의 깊은 산속 낙후된 사원에서 보내고 있다. 전기도 전화도 인터넷도 들어오지 않는 오지 사원이다. 오후 4시만 되면 벌써 어둠의 그림자가 드리운다. 산과 산 사이에 위치한 숲속 사원은 해가 서쪽 산꼭대기를 넘자마자 차가운 냉기가 짙게 깔린다. 칠흑 같은 어둠이 온 산을 삼켜버리는 적막강산, 나는 그 어둠 속에 삶의 하루를 묻는다.

눈을 떠도 눈을 감아도 아무것도 보이지 않는 것은 마찬가지다. 대나무로 지은 꾸띠(명상을 하기 위한 소박한 거처)는 초라하지만 내 한 몸 편히 뉠 수 있는 공간이다. 모기장으로 사방을 에워싼 딱딱한 나무 침상은 세상에 그 어떤 화려한 침대보다 아늑한 나만의 보금자리다. 한밤중에 일어나 나무로 만든 작은 창문을 열고 밤하늘의 별을 훔쳐본다. 금방이라도 쏟아질 것만 같은 수많은 별들, 언젠가 미국 브라이스캐니언 국립공원의 캠핑장에서 봤던 그 은하수를 찾아 습관처럼 나는 매일 밤하늘의 별을 헤곤 한다.

오늘 밤은 아마도 기온이 5도 아래로 떨어진 것 같다. 한밤의 냉기가 온몸으로 스며온다. 이불을 덮고 머리를 감싸도 양볼이 금방이라도 얼어버릴 것만 같다. 잠이 들지 않는다. 한순간 잘못 생각하면 한국으로 돌아가버릴 것만 같다. 너무 춥다. 웅크리고 쪽잠을 청해본다. 밤새 몇 번이고 시간을 확인한다. 빨리 이 추운 밤이 끝났으면 좋겠다. 삔우린의 밤은 너무 깊고 길다. 새벽 3시 50분, 어김없이 스님의 염불 소리가 알람시계 되어 나를 깨운다. 밤새 추위에 굳어버린 허리를 간신히 펴고 덜덜 떨면서 손전등을 찾는다. 태양열 전기는 이미 사라진 지 오래다. 촛불을 켜고 부처님께 청수 올리고 하루를 시작하는 기도를 올린다. 이 시간까지 건강한 모습으로 부처님 앞에 설 수 있음에 감사드리며 삼배 올린다.

5시 30분에 아침 식사를 마치고 어둠이 채 가시지 않은 캄캄한 세상을 뚫고 하루를 시작한다. 아직도 청명한 밤하늘, 달님 옆에는 금성 별님이 새벽하늘의 등대로 서 있다. 똑같은 하늘 아래 그 어디선가는 또 다른 삶의 이야기가 펼쳐지고 있겠지. 하늘마저 얼어버릴 것 같은 이른 아침의 냉기와 정적 속에

언 손을 호호 불며 꾸띠 주위를 청소한다. 그리고 한쪽에 쌓아
둔 모래더미 속에서 밤새 고양이들이 실례한 배설물 찾기를 한
다. 고양이들은 자기 배설물을 모래로 잘 덮어버리기 때문에
찾기가 쉽지 않다. 하루라도 그대로 방치하면 배설물 모래더미
는 순식간에 수많은 파리 떼들의 잔칫상이 되고 만다.

　하늘 난로가 적당히 뜨거워졌다. 어느새 고양이들은 햇볕
이 잘 드는 양지바른 곳을 차지하고 꾸벅꾸벅 졸고 있다. 나도
그 옆 한 곳에 자리를 내어 자연의 난롯가에 앉는다. 절로 졸음
이 살살 다가온다. 아기 고양이 한 마리가 자꾸 내 품 안으로 기
어 올라온다. 어디서 몰려왔는지 파리들이 내 얼굴에 앉는다.
고양이 똥에 앉았던 그 파리 떼다. 고양이들과 함께 깊고 달콤
한 삼매경에 빠진다.

　온갖 새들이 앞다투어 지저귀는 오지의 아침, 들리는 소리
라곤 새소리뿐이다. 구름 한 점 없는 파란 하늘 호수 속으로 빠
져들 것만 같은 생경한 아침이다. 나는 이렇게 인생이라는 하
루의 무대 위에 오늘도 소박한 주인공이 되어본다.

양철 지붕 위 재즈 콘서트

사흘 내내 억수 같은 비가 계속 쏟아진다. 온 세상을 쓸어
버릴 것처럼 강풍을 동반한 빗줄기가 세차게 퍼부어댄다. 하
늘에 구멍이 뚫린 듯이 엄청난 비가 내린다. 마치 전쟁이라도
일어난 것처럼 하늘에서 온갖 굉음이 들려온다. 거대한 탱크
가 마른 자갈길을 요란하게 지나가는 소리 같다. 천둥소리란
다. 성난 사자의 포효처럼 하늘이 세상을 향해 분노의 함성을
지르는 것 같다.

나무 잎사귀에 떨어지는 빗방울 소리, 숲을 지나는 세찬
바람 소리, 밖으로 나가지 못하고 몸을 웅크리고 있는 고양이
들의 앙칼진 싸움 소리. 숲속 오지 사원의 정적이 사라졌다.

습한 공기가 온몸을 감싼다. 금방이라도 방 벽에서 빗줄기
가 흘러내릴 것만 같다. 삼 일째 세수도 하지 못했다. 감히 찬
물에 손을 담글 엄두가 나지 않는다. 화롯불에 물을 끓여 마셔
본다. 온몸을 담요로 둘둘 말고 나의 명상 터인 시마(스님들이 계

를 받는 건물)로 향한다. 세찬 빗줄기에 우산이 휜다. 100m도 안
되는 시마까지 가는 길, 천릿길보다 멀게 느껴진다. 벽돌 건물
인 이곳에 오니 빗소리가 덜 요란하게 들린다. 부처님 앞에 두
손 모아 지극하게 삼배 올린다. 수많은 세월 동안 두텁게 쌓아
온 업의 무게가 티끌만큼이라도 가벼워지기를 간절히 염원하
며 무릎을 꿇는다.

텅 빈 공간이 주는 적막감 그리고 그 속의 한 사람, 끝없는
고요가 찾아온다. 아무 소리도 들리지 않는다. 어느새 나는 다
른 세상 사람이 되어 있다. 나만이 갈 수 있는 내 마음의 세계
이다. 눈물이 흐른다. 걷잡을 수 없이 눈물이 흐른다. 그 눈물
이 빗물과 하나 되어 흘러내린다. 흐르는 눈물도 잊은 채 나만
의 세계 속에서 무한한 자유를 온몸으로 맞는다. 아무런 감정
도 아무런 느낌도 없는데 계속 눈물이 흐른다. 한 시간이 지나
고 어느새 두 시간이 흘러간다. 시공간을 초월한 나만의 세계
는 점점 깊어져 가고 숨소리마저 끊겨버린 고요 속에 묻힌다.
이것이 선정의 입구일까? 이것이 진정 모든 것이 끊긴 적멸일
까? 마음으로만 갈 수 있는 완전한 자유의 무한한 공간! 나는
그 무한한 자유의 바다에서 궁극적인 행복을 체험한다.

아침이나 오후나 밤이나 캄캄하긴 마찬가지다. 아직도 비
는 줄기차게 내리고 있다. 하늘 바다가 바닥날 것만 같다. 잠시
도 쉴 사이 없이 사흘 내내 비가 퍼부어댄다. 저녁 6시, 태양열

을 쓸 수 없는 비 오는 저녁, 세상은 온통 밤뿐이다. 양철 지붕 위로 떨어지는 세찬 빗방울 소리가 재즈 콘서트를 연상하게 한다. 몸에 습기가 척척 들러붙는다. 밤의 냉기로 몸이 덜덜 떨린다. 누워보지만 잠이 들지 않는다. 매몰차게 퍼부어대는 저 비는 영원히 계속 내릴 것만 같다. 힘찬 기세로 퍼부어대면서 해님을 삼켜버린 빗소리! 달님도 별님도 떠나버린 비 오는 밤, 며칠째 밤하늘의 별들은 저편의 다른 세상 속으로 깊이 숨어버렸다. 별 헤는 밤은 언제쯤 내게 다시 찾아올까?

밤새 빗소리를 들으며 나는 또 다른 세상을 꿈꾼다. 끝없는 자유와 걸림 없는 세상 속으로 나는 한 발 한 발 더 깊이 들어간다.

어제와 다른 오늘

내 마음을 유난히 끄는 고양이 한 마리가 있다. 앙상한 뼈에 가죽만 붙어 있는 세상에서 가장 못생긴 불쌍한 고양이다. 우리는 그 고양이를 오바마라고 부른다. 미국의 전 대통령 오바마처럼 옅은 갈색의 곱슬곱슬한 머리털에 바싹 말랐기 때문이다. 앙상한 네 다리로 걷고 있는 오바마를 보고 있으면 금방이라도 주저앉을 것만 같다. 나는 그 고양이에게 자꾸 마음이 간다. 건강한 다른 고양이들에게 밀려 제대로 먹이를 먹지도 못한다. 이제 석 달 된 아기 고양이마저도 오바마만 보면 자꾸 앞발로 밀어낸다. 행동이 느리고 건강하지 못한 오바마는 다른 고양이가 밀치고 할퀴어도 아무런 저항도 하지 못하고 무력하게 그 힘의 위력을 받아들인다.

생선 통조림을 몰래 주려고 해도 어디선가 냄새를 맡고 건강한 고양이들이 우르르 몰려든다. 그러면 오바마는 그 틈에 끼지 못하고 이리 밀리고 저리 밀려서 결국 아무것도 먹지 못한다. 나는 오바마를 내 방으로 데리고 와서 다른 고양이들 몰

래 먹이를 준다. 허기에 지친 고양이는 숨 쉴 겨를도 없이 허겁
지겁 먹어댄다. 그래도 먹는 양은 고양이만큼 쪼끔 먹다 만다.
남은 생선 버무린 먹이를 다른 고양이에게 준다. 생선 냄새를
맡고 벌떼처럼 몰려들어 순식간에 먹어 치운다. 약육강식의 세
계는 인간 세상과 다를 바 없다.

어느 날 아침 먹이 주는 시간에 오바마가 보이지 않는다.
어제 오후부터 설사를 하더니 분명 무슨 일이 생긴 것 같다. 갑
자기 나쁜 생각이 든다. 사방 간 데를 샅샅이 찾아봐도 보이지
않는다. 분명 먼 동네 개가 와서 물어 죽였거나 아니면 어디선
가 죽어 있을 것이라고 생각했다. 여기저기서 밤새 설사한 흔
적이 보인다. 한참을 찾아다니다가 멀리 떨어진 화장실 건물
뒤에 건축물 자재를 쌓아둔 틈새에서 오바마를 찾아냈다. 그의
이름을 불러도 그저 꺼질 것만 같은 쉰 목소리로 "야옹" 할 뿐
이다. 움직일 힘조차 없어 보인다. 건축물 자재를 치우고 간신
히 손을 뻗어 고양이를 잡아 밖으로 빼낸다. 계속 쉰 목소리로
울어댄다. 거의 5도 밑으로 내려간 추운 겨울밤을 한데서 지새
운 고양이는 온몸을 떨고 있다.

나는 작은 담요로 고양이를 감싸 내 방으로 데려온다. 그
러나 다시 나가버린다. 또 설사를 하고 있다. 가루우유를 물에
타 먹여 보았다. 먹지 않는다. 다른 고양이들이 그 냄새를 맡
고 내 방문 앞에서 아우성이다. 버터 크래커에 통조림 정어리

를 조금 버무려서 불쌍한 고양이에게 줘본다. 다행히도 조금 먹는다. 다시 담요를 덮어주려고 해보지만 계속 밖으로 뛰쳐나간다. 오바마는 따뜻한 태양 볕을 찾아 웅크리고 앉는다. 계속 벌벌 떨고 있다. 햇볕을 즐기고 있는 다른 고양이들 곁으로 조심조심 다가가서 떨리는 몸을 기대려고 하지만 다른 고양이들은 앙칼스럽게 그 불쌍한 고양이를 물어버린다. 건강한 고양이들은 이 약한 고양이가 맘에 들지 않은 모양이다. 여러 번 다른 고양이들 곁으로 가려고 하지만 다 달아나버린다. 그리고는 혼자 햇볕에 쪼그리고 앉는다. 내가 오바마만 보살펴주는 것을 본 다른 고양이들이 질투가 난 모양이다. 고양이들의 질투는 사람보다 훨씬 더 강하다.

건강하게 살아 있다는 것은 그 무엇과도 바꿀 수 없는 가장 큰 행운이다. 생명은 다 소중하다. 세상에 살아 있는 모든 생명체들이 아픔의 고통에서 벗어나길 기도한다. 세상 모든 사람들이 행복하기를 기도한다. 어쩌면 그 기도는 나를 향한 간절한 바람일지도 모른다.

오늘도 나는 어제와 다른 오늘 하루를 살아냈다.

열흘째 똑같은 쩨오

　이곳 오지 사원에서 명상하는 동안 내 식사를 요리해줄 노보살님이 왔다. 수줍어하면서 계면쩍게 미소 짓는 그분의 첫인상이 깊게 마음에 와닿는다. 나를 위해 아침과 점심 하루 두 끼 식사를 준비하는 것이 그분의 일이다. 한 끼는 쩨오(월남 쌀국수와 비슷함)를, 한 끼는 볶음밥을, 한 끼는 볶은 국수를 번갈아 가면서 준비하라고 큰스님이 지시한다. 다음날 아침 나는 쩨오를 먹었다. 그리고 점심에는 세 가지를 한꺼번에 먹었다. 보살님이 한 가지씩 번갈아 가면서 요리하라는 큰스님의 지시를 잘못 이해한 것 같다. 다음날 아침 나는 쩨오를 또 먹었다. 그리고 점심에도 역시 쩨오, 볶음밥, 볶은 국수를 조금씩 먹었다. 그 후 일주일 동안 계속 똑같은 음식을 먹어야 했다.

　인내의 한계를 느낀다. 다음 날 거의 음식을 먹지 않고 그대로 물렸다. 똑같은 음식에 식상했다는 내 나름의 제스처였다. 그래도 다음날 같은 음식이 나왔다. 그래서 서투른 미얀마 말로 간곡히 요청했다. 그러나 다음날도 나는 같은 음식을 먹어야 했다. 혹시 내 미얀마어가 서툴러서 보살님이 이해를 못한 것 같아 큰스님께 정중히 말씀드려 달라고 부탁했다. 큰스님이 보살님께 다시 설명했다. 나는 다음날 아침에는 다른 음식이 나올 거라고 잔뜩 기대했다. 그런데 다음날 아침에도 또 째오를 먹어야 했다. 그리고 점심에도 똑같은 세 가지 음식! 그렇게 열흘 동안 똑같은 음식을 아침 점심으로 먹었다. 그러나 더 이상 큰스님께 말씀드리지 않았다. 그리고 나의 인내심을 확인해 보기로 했다.

화가 치솟는다. 이 보살님이 고집부리는 것일까? 나를 골탕 먹이려고? 아집인가? 지위에 대한 도전인가? 온갖 허접한 생각들이 잔뜩 올라온다. 그래도 같은 음식을 계속 먹고 싶지 않았다. 토할 것만 같다. 그런데도 노보살님이 밉지 않다.

새벽 5시 30분, 추위에 떨면서 아침 식사를 가져온 보살님에게 뜨거운 꿀차를 내밀었다. 그리고 그 보살님의 마음을 헤아려보려고 했다. 내 앞에서는 부끄러워 말도 제대로 못하는 분이다. 내가 빨래를 하고 있으면 그냥 놔두라고 말리면서 대신 내 빨래를 해주기도 한다. 꽁야(미얀마의 씹는 담배)를 몰래 숨어 씹으면서 나에게 들키기라도 하면 수줍어 어쩔 줄을 몰라 하는 분이다. 내 방으로 음식을 가져오면서도 큰스님께 하듯이 저 멀리서부터 슬리퍼를 벗고 맨발로 정중히 식사를 건네주는 분이다. 나는 그런 그분을 미워할 수가 없다.

먹기 위해 사는 것인가 살기 위해 먹는 것인가? 오늘의 명상 주제다. 나는 분명 살기 위해 먹는다. 무슨 음식이든 허기만 때울 수 있으면 된다고 생각했다. 그래서 아무거나 먹을 수 있다고 자신 있게 말해 왔다. 세계 어느 나라를 가든 심지어 인도에서도 먹는 것에 아무런 불편이 없었다. 배만 안 고프면 그것으로 만족이다. 그런데 매일 같은 음식을 열흘 동안 먹고 보니 내 생각이 흔들린다. 나는 아무거나 먹어도 좋은 사람이 아니었다. 배고플 때 허기만 때우면 되는 사람이 아니었다.

온종일 요동치는 내 마음을 관찰한다. 그리고는 결심한다. 내일 아침부터는 어떤 음식이 올라와도 새로운 음식처럼 마음을 바꾸어서 먹겠다고 다짐한다. 그런데 신기하게도 그다음 날 아침부터 메뉴가 바뀌었다. 더 이상 째오를 먹지 않아도 되었다. 열하루 만에 새로운 음식을 먹게 된 것이다. 흰 쌀밥에 나물볶음 한 가지 그리고 찐 계란 두 개. 세상에서 이보다 성대한 진수성찬은 없었다.

마음을 비우면 상황이 바뀐다. 마음을 바꾸면 주위 상황도 바뀐다. 열흘 동안 온갖 상상을 하면서 미친개 날뛰듯 허둥대던 내 마음으로는 아무것도 바꿀 수 없었다. 그 생각에 머무르면 머물수록 상황은 더 나빠졌다. 나만 힘들었다. 동요하는 마음으로는 그 어떤 상황도 좋은 방향으로 이끌 수 없었다.

인생은 하루하루가 새로운 학교다. 살아도 살아야 할 날들이 있고, 배워도 배워야 할 것들이 너무도 많다. 인생은 매 순간이 시험이고 매 순간이 공부다. 삶은 영원히 계속되는 인생학교다. 삶은 배움의 보물로 가득한 비밀창고다.

굶주린 파리 떼들의 잔칫상

어제까지만 해도 오바마가 새벽녘이면 내 방문 앞에서 자기 입맛에 맞는 특별한 음식을 달라고 야옹대곤 했는데 오늘은 보이지 않는다. 불러봐도 반응이 없다. 어젯밤 날씨가 추워서 따뜻하게 잘 수 있도록 박스 안에 넣어주었는데 밤새 어디론가 가버렸다. 아무리 불러 봐도 오바마의 흔적을 찾을 수 없다. 결국 건물 벽 한 귀퉁이에서 떨고 있는 오바마 고양이를 발견했다.

사료에 정어리 통조림을 버무려 먹여본다. 아주 조금 먹고 만다. 다른 고양이들은 생선 냄새만 맡아도 정신이 하나도 없다. 그런 고양이들을 이리 밀치고 저리 밀치면서 먹여보려고 해도 오바마는 먹지 않는다. 오늘은 거의 아무것도 먹지 않더니 오후가 되자 앉아 있지도 못하고 누워 있다. 더 이상 앉아 있을 힘조차 없는 모양이다. 햇빛을 받으며 누워 있는 고양이에게 파리 떼가 몰려든다. 오바마는 그 파리 떼들을 쫓을 기력도 없는 듯 땅바닥에 누워 미동도 없이 간신히 꼬리만 살짝 움직인다. 눈에는 눈물이 그렁그렁하다. 곧 넘쳐 흘러내릴 것 같고.

　　오후가 되자 조금 기운이 나는지 내 방문 앞에서 울어댄다. 나는 오바마를 방으로 데리고 들어와서 점심에 먹다가 남겨둔 닭고기를 잘게 찢어서 먹여본다. 배가 고팠는지 정신없이 먹어댄다. 먹이를 다 먹고도 방에서 나가려고 하지 않는다. 문을 열고 나가라고 해보았지만 여전히 방 안으로 뛰어 도망친다. 나는 행동이 느린 오바마를 덥석 잡아서 문밖으로 내보냈다. 뼈만 앙상한 오바마는 내 방을 바라보며 추위에 웅크리고 앉아 있다. 그 모습이 애처로워 담요로 덮어서 상자 안에 넣어주었다. 밤새 겨울 한기를 피해 그곳에서라도 편히 잠들기를 바라면서.

　　다음날 새벽 고양이 먹이를 주는 시간에 "라라라라"(미안마 말로 오라는 소리) 하면서 고양이들을 불러 보았지만 오바마가 보이지 않는다. 어젯밤에 넣어준 상자 안에도 없고, 오바마가 자주 가던 곳에도 없다. 사방을 샅샅이 뒤져보고 불러보았지만 아무 반응이 없다. 그런데 어디선가 작은 목소리로 야옹, 하는 소리가 들리는 것 같았다. 오바마는 내 방 밑에 건축자재를 모아둔 틈새에서 거의 실신해 있다. 고양이의 몸은 벌써 얼음처럼 차가웠다. 이미 오바마는 죽음을 향해 가고 있었다.

　　담요로 몸을 감싸서 햇볕이 드는 양지바른 곳에 누이고

내 손의 체온으로 고양이의 몸을 감쌌다. 내가 그의 이름을 부르자 눈동자가 약간 움직였다. 햇볕이 잘 드는 곳을 골라가면서 계속 오바마를 옮겨주었다. 그런데 얼마 후 경기를 일으키기 시작했다. 한쪽 다리를 간간이 떨더니 머리까지 경련이 일기 시작했다. 눈에는 눈물이 가득 고여 있다. 그런 고통의 시간이 열 시간이나 계속되었다. 그리고는 동그란 눈을 뜬 채 오바마는 숨을 거뒀다.

경련도 멈추고 숨도 멈추고 먹을 것을 달라고 야옹야옹 울어대던 그 목소리도 멈췄다. 모든 것이 멈춰버렸다. 죽음과 함께 모든 것이 사라졌다. 죽음으로 사라진 그 자리에는 오바마의 침묵만이 남아 있다.

열 시간 이상이나 사투를 벌이며 저승으로 향하는 길은 참 멀고도 힘겹다. 짐승이든 사람이든 마지막 가는 길은 정말 힘들어 보인다. 긴 시간을 죽음과 싸우고 있던 미물의 아픔이 느껴지는 듯했다. 힘들게 마지막 길을 가야 하는 한 미물의 고통은 정작 업 때문이었을까? 추운 밤 따뜻하게 잘 수 있도록 상자 안에 넣어주었는데도 굳이 그곳을 벗어나 한데 가서 자다가 죽음을 자초한 것도 그 고양이의 업 때문이었을까? 모든 것이 고양이 스스로 지은 업이라 해도, 그래도 나는 가슴이 무너질 것처럼 아프다. 하룻밤 내 방에서 재워줄걸. 그렇게 안 나가려고 했는데 왜 나는 기어이 그 약한 고양이를 밖으로 내몰았을까? 내 방에서 하룻밤을 재웠더라면! 그랬다면 죽지 않았을까?

벌써 죽음을 알았는지 파리 떼들이 담요에 싸인 고양이 위로 새까맣게 모여든다. 굶주린 파리 떼들의 잔칫상이다. 흔적없이 사라져간 작은 고양이 한 마리. 세상 아무도 그것의 죽음을 슬퍼하지 않는다. 그저 잠시 왔다가 이름 없이, 소리 없이 사라져 갈 뿐! 세상에 죽은 존재는 다 애처롭다.

삶 속에 죽음, 죽음 속에 삶

삶은 한 조각 구름의 일어남, 죽음은 한 조각 구름의 사라짐, 공수래공수거!(서산대사의 「해탈」과 나옹화상 누님이 읊은 선시 「부운」)

가도 가도 잡히지 않는 부귀영화를 쫓으며, 허영과 삶의 무게에 허덕이는 삶. 잡히지 않는 돈에 애걸복걸하고, 이루어질 수 없는 사랑을 애달파하고, 천만 년을 살 것처럼 재물과 명예와 성공을 갈망하며 욕망에 사로잡혀 날뛰지만 죽음 앞에서 무엇이 소용 있을까?

잠시 머물렀다가 떠나야 할 때가 오면 모든 것을 버리고 바람처럼, 구름처럼 홀연히 떠나야 하는 것이 인생인 것을. 무엇을 탐하고 무엇을 집착할까?

욕심은 끝이 없는 것. 세상의 모든 것을 가져도 부족한 것이 욕심이지. 버리고 비우지 못하면 새것이 들어올 수 없는 이치인 것을.

인간의 몸이란 결국 한 줌 흙으로 돌아갈 수밖에 없는 물거품 같은 것. 인간의 육신이란 결국 한 줌의 재로 남아 흩어지는 것, 눈뜬 장님인 채로 무거운 번뇌와 집착과 욕망을 짊어지고, 불로장생을 꿈꾸며 끊임없는 선택의 삶을 살아가고 있지.

한 해의 시작과 같은 삶, 한 해의 끝과 같은 죽음. 하루의 여명과 같은 삶, 하루의 석양과 같은 죽음.

삶이란 죽음과 함께 끝나는 단 한 번의 기회. 한 번 가면 영원히 다시 올 수 없는 일방통행. 삶은 잠시 왔다가 바람처럼 흩어지는 것이지. 그저 순간 스쳐 지나가는 것이지. 여행객으로 이 세상에 나들이 나와 잠시 놀다가 어둠이 내리면 흩어져야 할 인생. 시절 인연이 다하면 빈손으로 홀로 떠나야만 하지.

죽음은 또 다른 삶에 이르는 과정. 낡은 옷을 버리고 새 옷을 갈아입듯, 낡은 몸을 버리고 새로운 몸을 받는 것. 죽음은 삶의 끝이 아닌 삶의 새로운 시작. 죽음은 영원한 생명으로 가는 출발점. 죽음은 삶의 일부분이며 기꺼이 받아들여야 하는 현실.

죽음은 모든 것을 버리는 무소유의 여행, 유일한 불변의 진리! 삶 속에 죽음, 죽음 속에 삶!

죽음은 늘 우리 문 앞에서 기다리고 있는 침묵의 손님. 그 손님을 위해 나는 무엇을 준비해야 할까?

고양이도 성격이 있다

숲속 사원에 고양이 가족 스무 마리가 함께 살고 있다. 집 잃은 길고양이, 어미 잃은 고아 고양이, 어미랑 함께 사는 행복한 고양이, 사랑이 고픈 고양이, 분노로 이글거리는 싸움 고양이. 온갖 고양이들이 한데 모여 살고 있다. 눈빛도 다르고 털 색깔도 다르고 성격도 다르다.

싸쩨(미얀마 말로 분노에 찬 싸움 고양이): 눈빛이 분노로 이글거린다. 털 깃만 스쳐도 눈빛만 마주쳐도 으르렁거리며 싸움하는 고양이다. 늘 분노에 차 있어서 다른 고양이가 쳐다만 봐도 달려들고 밤낮으로 날카로운 소리로 상대를 위협하면서 싸움박질한다. 행동도 민첩하다. 서로 물어뜯고 싸우다가 두려움에 질린 고양이가 나무 위로 도망가면 사정없이 따라 올라가 꼬리를 물어버린다. 그래서 싸쩨가 나타나기만 해도 마음 약한 고양이들은 슬슬 자리를 피한다. 그런 싸쩨도 사람의 손길을 좋아해서 내 치맛자락에 몸을 비비며 사랑을 갈구한다. 머리라도 쓰다듬어주면 벌렁 드러누워 네 다리를 버둥거리며 좋아서 어쩔 줄 몰라 한다. 질투도 심하다. 다른 고양이라도 쓰다 듬어주면 어디선가 금방 달려와서 머리를 들이댄다. 그런 싸쩨가 밉지 않다.

보익(뚱뚱보 고양이): 내가 가장 좋아하는 고양이다. 스무 마리 고양이 중에 두 번째로 덩치가 큰 녀석이다. 다른 고양이 세 배쯤 먹는다. 그래서 보익이라고 한다. 보익이는 싸움에는 별로 관심이 없다. 늘 당당하고 유순하지만 다른 고양이들이 넘보지 못한다. 시마 홀(계를 받는 곳)에서 명상하고 있는 동안 내 내 밖에서 가끔 나를 부르며 기다린다. 아마도 전생에 수행자였나 보다. 장난꾸러기 고양이다. 내 치맛자락을 물어 당기며 놀자고 조른다. 고무장갑을 끼고 머리며 몸통이랑 목 밑도 쓰다듬어준다. 이놈은 좋아서 흥분하면 손가락도 문다. 한 발을 치켜들어 나를 건든다. 내 주위를 맴돌며 이리 뛰고 저리 뛰면서 좋아한다. 그러다가 결국 바닥에 벌렁 드러누워 네 발을 버둥거린다. 맘껏 놀아보자는 신호다. 장갑 낀 손으로 머리도 툭치고 배도 간질이고 목 밑도 긁어준다. 그러면 보익이는 좋아 어쩔 줄 몰라 한다. 행복의 절정이다.

모네(검은 구름 고양이): 고양이 왕이다. 스무 마리 고양이 중에 유일하게 검은 고양이다. 싸쩨의 최고 적이다. 덩치가 가장 크고 신중하면서도 위엄을 갖춘 놈이어서 싸쩨도 함부로 덤비지 못한다. 이놈은 자기 성질을 건드리면 어떤 고양이도 가만

안 둔다. 끝까지 따라가 목을 물어뜯어 털을 뽑아버린다. 싸쩨와 가장 많이 싸운다. 항상 싸쩨가 모네의 성질을 건드린다. 싸움하다가 다리를 다쳐서 절룩거리면서도 싸움을 멈추지 않는다. 앙칼진 소리를 질러대곤 하지만 촐랑대지 않고, 모든 행동이 느리고, 결코 서두르지 않는다. 다른 고양이들과 잘 섞이지 않는다. 잘 때도 혼자 잔다. 먹이를 먹을 때도 다른 고양이와 같은 그릇에 먹지 않는다. 아무리 배고파도 허겁지겁 먹지 않는다. 품위를 지킨다. 역시 왕답다.

뷰티(못생긴 고양이): 스무 마리 고양이 중에서 가장 못생겼다. 털 빛깔도 전혀 예쁘지 않고 후줄근하다. 예쁜 고양이가 되라는 의미에서 뷰티라고 부른단다. 근처 숲속에 살다가 배가 고프면 사원으로 찾아온다. 먹이를 줄 때마다 숲속을 향해 "뷰티, 뷰티!"라고 큰 소리로 불러야 겨우 온다. 며칠에 한 번씩 모습을 보여준다. 아무리 배가 고파도 이놈은 따로 먹이를 주지 않으면 먹지 않는다. 허기진 배를 채우기 위해 늘 허겁지겁 먹어댄다. 사람이 옆에 오건 말건 아랑곳하지 않는다. 배만 채우면 말없이 숲속으로 사라진다.

에인절(천사 고양이): 내 꾸띠(명상하기 위해 기거하는 소박한 거처) 지붕에 사는 녀석이다. 다른 고양이가 자기 영역을 침범하려고 하면 앙칼지게 대든다. 사소한 싸움을 가장 많이 하는 놈이다. 싸쩨보다 더 자주 싸운다. 자기보다 어린 고양이는 꼼짝 못 하게 제압한다. 싸우는 소리가 들리면 어김없이 에인절이다. 그래서 밤에 시끄럽게 싸우더라도 방안에서 "에인절"하고 소리치면 잠잠해진다. 날마다 먹이를 주는 나도 슬슬 피하는 녀석이다. 사람을 무서워한다. 그런데도 지붕에서 내려와 내 창문 망창으로 나를 몰래 살피곤 한다. 눈이라도 마주치면 쏜살같이 지붕 위로 숨어버린다. 그리고 또 싸운다.

밍애(막내 고양이): 이제 삼 개월 된 길 잃은 고양이를 데려왔다. 목에 하얀 털이 있고 나머지는 옅은 갈색 털을 가진 예쁜 고양이다. 그런데 너무 약삭빠르다. 고양이들 사이에서 어떻게 행동해야 하는지 정확하게 파악한다. 덩치가 크더라도 겁많은 고양이에게는 마구 덤빈다. 먹이를 먹을 때도 필사적으로 다른 고양이 사이를 뚫고 들어간다. 먹이를 먹을 수 없으면 앞발로 옆에 있는 큰 고양이를 사정없이 밀어낸다. 그러면 순둥이 큰 고양이는 밍애에게 먹이를 양보하고 슬슬 피한다. 밍애는 먹는 것에 목숨 거는 놈이다. 싸쩨나 모네 앞에서는 오금도 제대로 못 피고 아무리 맛있는 먹이가 있어도 주위만 서성거린다. 질투가 심해서 내가 다른 고양이를 쓰다듬어주면 옆에 와서 계속 울어대며 사랑을 갈구한다. 머리 좋은 고양이일수록 질투도 더 심하단다.

리오(겁쟁이 고양이): 조용하고 순진무구하게 생긴 순둥이 고양이다. 언제나 내 방문 앞에서 조용히 나만 지켜보고 있다.

먹을 것을 달라고 결코 소리 내지 않는다. 그래도 나는 안다. 뭔가 먹고 싶다는 것을. 버터 크래커라도 주면 조심스럽게 주위를 살피며 먹는다. 그때 다른 고양이라도 나타나면 쏜살같이 도망친다. 리오는 쌈 고양이들의 동네북이다. 다른 고양이들이 화만 나면 리오에게 화풀이를 한다. 그러면 리오는 도망가다가 막바지에 다다르면 바로 기면서 항복해버린다. 두려움에 오금을 못 편다. 그런 리오가 불쌍해서 내 방으로 불러들여 좋아하는 생선 통조림을 몰래 주곤 한다. 그 후로는 방문만 열면 쏜살같이 내 방으로 들어온다. 고양이 기억력 참 좋다.

싸쩨도, 모네도, 보익이도 우리 사람처럼 사랑에 굶주려 있다. 사랑에 목말라 서로를 할퀴고 서로에게 생채기를 내는 모양이다. 시간만 나면 나는 세 고양이와 한 마리씩 날을 잡아 함께 놀아준다. 조금이라도 사랑의 갈증이 해소될 수 있기를 간절히 바라면서 나는 고양이들의 머리도 쓰다듬어주고 목 밑도 긁어주고 등도 어루만져준다.

행복의 절정

삔우린(미얀마 만달레이 북동쪽에 위치한 휴양도시)의 밤은 길고 춥다. 온몸에 한기가 스며든다. 저녁 내내 쪼그리고 누워 밤을 꼬박 새우곤 한다. 추워서 잠이 들지 않는다. 얼굴까지 담요를 뒤집어쓰지 않으면 양 볼이 금방 얼어버릴 것 같다. 너무 시리다. 사방에서 찬 바람이 솔솔 불어온다. 추운 밤은 왜 이리 긴지 모르겠다. 새벽 3시 50분, 큰스님의 염불 소리가 들린다. 기상 시간이다. 덜덜 떨면서 옷을 몇 겹이나 끼어 입고 목도리를 두르고 고양이 세수를 한다.

낮에는 영상 25도의 청명한 가을 날씨다. 이곳 여자들은 햇빛이 나면 론지(긴치마)를 몸에 두르고 햇볕을 난로 삼아 동네 가운데 파놓은 야외 우물가에서 샤워를 한다. 이런 날씨에 익숙해져서 춥지 않단다. 숲속 사원의 야외 샤워장에서 나도 그들의 방식대로 따라 해본다. 햇볕은 따갑게 내리쬐고 있지만 온 몸이 얼어붙을 것처럼 물이 차다. 감히 미얀마 여자들을 따라 할 수 없었다. 금방 감기라도 걸릴 것처럼 몸이 덜덜 떨린다. 그 후로는 샤워할 엄두를 내지 못했다. 그렇게 이십오일이 지났다. 온몸이 가렵다. 뭔가 스멀스멀 기어가는 것만 같다. 머릿속도 가렵다. 그래도 찬물에 다시 몸을 씻을 용기는 없었다.

며칠째 몇 명의 남자 신도들이 태양열을 이용해서 뜨거운 물을 쓸 수 있도록 작업 중이다. 그렇게 작업한 후 사흘째 되던 날, 내 숙소에 뜨거운 물이 나온 것이다. 태양열을 이용해서 물을 데운 것이다. 물이 어찌나 뜨거운지 찬물을 섞지 않으면 몸이 델 것만 같다. 온몸을 타고 내리는 뜨거운 물줄기! 묵은 떼도, 가려움도, 마음의 온갖 잡념도 뜨거운 물줄기 속에 녹아내리는 것만 같았다.

28일 만에 찾아온 이 행복의 절정, 클라우드 나인! 행복해, 정말 행복해, 라고 큰소리로 외치고 싶었다. 세상에 이보다 더 큰 행복은 없을 것만 같았다. 뜨거운 물이 내 살갗을 타고 흐르는 순간보다 더 큰 행복은 없을 것만 같았다. 온몸에 행복이 퍼져나간다. 가뿐함에 날아오를 것만 같다. 내 몸이 새롭게 태어난 것만 같다. 단 한 번도 뜨거운 물에 샤워할 수 있는 것이 이렇게 큰 행복인지 알지 못했다. 그것은 너무나 당연한 거였지 행복이 아니었다. 누르기만 하면 뜨거운 물이 철철 흐르고 원하면 언제든 샤워할 수 있었기 때문에 그것은 항상 거기에 있는 일상의 것이었다. 원하면 언제든지 누릴 수 있는 것이었다. 행복이 아니었다.

행복은 언제나 상대적이다. 우리는 남의 불행을 볼 때까지 나의 행복을 모른다. 남의 아픔을 볼 때까지 나의 건강이 얼마나 소중한지 모른다. 두 발로 걸어 다닐 수 있고, 호흡할 수 있고, 어려움 없이 화장실에 가고, 매일 세 끼 먹을 수 있다는 것이 얼마나 큰 행복인지 우린 잊고 산다.

소중한 행복을 잃고 나서야 비로소 그 소중함을 깨닫는 우리는 참 어리석은 존재다.

네덜란드 수행자

미얀마 수행센터에서 깊은 명상 체험을 한 후 나는 명상 지도 스님이 나를 위해 영어로 해준 법문을 녹취하여 문서로 옮기기 시작했다. 법문 내용은 명상하기 전에 알아야 할 부처님의 기본 가르침이다. 모든 법문을 들으면서 타이핑하는 데 몇 개월의 시간이 걸렸다. 타이핑한 분량은 대략 A4 용지로 100매 정도였다. 다시 명상 지도 스님과 함께 그 100매의 법문을 재편집하고 많은 부분을 추가한 결과 250쪽 분량이 되었다.

나는 한국으로 돌아와 『미끼』라는 제목으로 표지와 본문을 디자인하고 필요한 그림을 넣어서 370쪽 분량의 책으로 만들었다. 그리고 다음 해에 50부를 인쇄해서 미얀마로 가져갔다. 그 책을 영어가 가능한 미얀마 스님들께 드리고 내용이 잘못된 부분이 있는지 점검해줄 것을 부탁드렸다. 미국에 있는 원어민 친구에게도 영어 문장 검토를 부탁했다. 그런 후에 나는 미얀마 삔우린에 위치한 숲속 사원에 머물면서 명상 지도 스님과 함께 전체 내용을 다시 검토했다.

어느 날 숲속 사원에 네덜란드 출신의 수행자가 찾아왔다. 녹색 눈동자를 가진 글렌이라는 남자다. 이웃 마을 사원에서 수행하고 있는데 영어를 하는 외국인이 수행하고 있다고 해서 나를 만나러 왔다고 한다. 글렌은 얼마 전 지금 내가 쓰고 있는 숙소에서 한 달 동안 머문 적이 있다고 한다. 그 남자는 벌써 십 년째 미얀마에서 살고 있단다. 그래서인지 미얀마어를 유창하게 쏟아낸다. 그런데 미얀마 글은 읽지도 쓰지도 못한다. 미얀마에 와서 처음 몇 년은 오직 돈 버는 데만 집중했다고 한다. 낮에는 학교에서 또는 가정 방문을 하면서 부유층 아이들에게 영어를 가르치고 밤에는 학원에서 일반인들에게 영어를 가르쳤다고 한다. 그렇게 칠 년 동안 밤낮을 가리지 않고 일한 결과 작은 아파트도 구입하고 상상을 초월할 만큼 비싼 자동차도 마련했다. 그리고 어느 정도 돈이 저축되자 모든 일을 멈추고 사원으로 들어가 삭발한 후 수행자가 되었다고 한다.

대화에 허기진 글렌과 나는 숲속 사원의 벤치에 앉아 영원히 끝나지 않을 것처럼 많은 대화를 나누었다. 글렌에게서 무엇보다 놀라웠던 것은 부처님의 가르침을 정확하게 꿰뚫고 있다는 것이다. 그는 미얀마의 큰스님들이 영어로 책을 출판할 때마다 영어 교정을 봐주었다고 한다. 내가 『미끼』의 검토를 부탁하자 선뜻 봐주겠다고 약속을 한다. 그다음 날부터 글렌은 거의 날마다 높은 산 하나를 넘어 숲속 사원으로 와서 책을 검토해주었다. 검토하다가 지루해지면 우리는 숲속을 거닐면서 일상적은 대화도 나눈다. 글렌은 미얀마에서 경험한 연애 사건도 고백한다. 결혼하고 싶은 미얀마 여자가 있었는데 외국인은 사위로 받아들일 수 없다는 여자 부모님의 강력한 반대로 헤어질 수밖에 없었다고 한다.

청년은 네덜란드에서 대학을 졸업하자마자 단지 동양에 대한 호기심 하나만으로 미얀마에 왔는데 미얀마 사람들의 순수함과 심오한 부처님의 가르침에 매료되어서 다시는 고국으로 돌아가고 싶지 않다고 심정을 토로한다. 글렌은 내가 조금이라도 쉬는 것 같으면 곧바로 내게 달려와 끊임없이 이야기를 한다. 정치, 문학, 시사, 불교, 기독교, 철학 등 모르는 것이 없는 박식한 청년이다. 쉬지 않고 앵무새처럼 조잘대는 그를 지켜보면서 그동안 영어로 마음껏 말하지 못한 그의 답답한 심정이 느껴졌다.

매일 글렌은 높은 산 하나를 넘어 아침 7시면 어김없이 사원으로 왔다. 그러던 어느 날 큰 문제가 생겼다. 글렌이 외부 화장실을 사용하지 않고 내 숙소의 화장실을 쓰는 것을 명상 지도 스님이 알아차린 것이다. 가족 이외에 남녀가 같은 공간에 머무는 것을 금기시하는 미얀마 문화에서 그의 행동은 이해할 수 없는 것이었다. 스님은 격노한 나머지 다음 날부터 글렌의 사원 출입 금지를 경고했다. 스님의 결정이 부당했지만 우리는 따를 수밖에 없었다. 그 후 다행히도 글렌은 이메일을 통해 나머지 부분을 검토해주었다.

글렌이 검토하고 고쳐준 내용과 스님과 함께 확인한 내용을 수정한 후, 완성된 원고를 출판해줄 곳을 찾기 위해 나는 전 세계 40여 곳의 출판사에 기획안과 원고를 보냈다. 주로 종교, 불교, 철학 관련 전문 출판사였다. 그 결과 대만에 있는 불교단체에서 출판 제의를 받아『칸니 명상의 진정한 파워』(The True Power of Kanni Meditation)라는 제목으로 3,000부를 인쇄해서 세계 각 대학 도서관과 명상 센터에 배부했다.

이 책은 그동안 구전으로만 전해져 내려온 칸니 명상을 백 년 만에 처음으로 문서화한 것이다.『칸니 명상의 진정한 파워』가 세상에 빛을 보기까지 글렌의 전문적이고 세심한 검토가 없었다면 결코 가능하지 않은 일이었다. 나는 다시 그 책을 우리말로 번역하여 장장 600쪽 가까이 되는『칸니 명상』이라는 제목으로 한국에서 출판했다. 처음 영어로 법문을 녹취하여『칸니 명상』이라는 한 권의 책으로 출판되기까지 5년의 세월이 걸렸다.

지금도 글렌은 미얀마의 한 명상센터에서 무한한 자유와 해탈을 꿈꾸며 수행에만 전념하고 있다. 삭발을 하고 자주색 가사를 입고 근처 마을에서 기증한 시신 앞에 홀로 앉아 부패하여가는 과정을 관망하면서 육신의 더러움과 무상함을 깨우치기 위해 혼신의 노력을 기울이고 있다. 미얀마 사람들은 시신이 부패하여가는 과정을 지켜보면서 명상하는 사원의 수행자들을 위해 시체를 기증한다.

내 인생에 불현듯 찾아와준 녹색 눈동자의 수행자가 절대 평온이 깃든 끝없는 자유를 체득하여 열반의 경지에 도달하기를 지극한 마음으로 기원한다.

와이파이는 와이파워

오늘은 큰스님 생신이다. 생일 준비 대원들이 어제 오후부터 사원으로 왔다. 불교기를 곳곳에 달고, 입구에서부터 형형색색의 축하기를 매단다. 식탁 배치와 음식 준비로 저녁 내내 소란스럽다. 새벽 4시, 발전기 모터 소리가 요란하다. 사람들은 밤새 추위에 얼어붙은 몸을 녹이려고 모닥불을 피운다. 식탁을 펴고 뜨거운 녹차를 준비한다. 백이십 명의 손님을 위한 음식 준비로 아침이 바쁘다. 그릇 부딪치는 소리, 숯불 피우는 소리, 채소 씻는 소리, 사람들의 말소리, 고양이 울음소리, 숲속 사원의 새벽이 놀라 잠에서 깬다.

오랜만에 수행자가 입어야 하는 갈색 긴 치마에 흰 블라우스 단복을 벗고 예쁜 미얀마 전통의상 론지(치마)와 엔지(윗도리)로 갈아입고 꽃단장을 한다. 그동안 큰스님께 탁발 공양을 올렸던 마을 사람들과 큰스님 가족들 그리고 다른 곳에 사는 신도들이 모여들었다. 나는 몇 년째 이곳 사원에서 겨울을 보냈기 때문에 그들에겐 이미 낯이 익숙한 사람이다. 그런데도 모두들 동물원의 원숭이 구경하듯 나를 힐끗힐끗 훔쳐본다. 미소 지으며 '밍글라바'(미얀마 인사)라고 먼저 인사하면 무뚝뚝하게 굳어 있던 그들의 표정이 금방 밝아지면서 쑥스러워 어쩔줄 몰라 한다. 그들의 순박한 미소 속에서 내 어릴 적 고향 집, 섬진강 가 물레방아 집의 추억이 아스라이 떠오른다.

오늘 큰스님은 탁발하러 가지 않는다. 생신이기 때문에 사원에서 탁발을 한다. 가장 먼저 스님이 아침 공양을 한다. 나는 이미 새벽 5시경에 공양을 했는데도 또 먹어야 한단다. 먹고 싶지 않았지만 그들을 실망하게 하고 싶지 않아 또 먹는다. 이곳 풍습은 언제나 손님이 먼저 식사를 한다. 나는 혼자 가운데 식탁에 앉아 두 번째 아침 식사를 한다. 다른 하객들은 주위에 빙 둘러서서 내가 먹는 모습만 구경한다. 일부러 아무렇지도 않은 척 그들에게 서투른 미얀마 말로 농담을 건넨다. 다들 신기한 듯 나만 바라본다.

미얀마에서는 생일의 주인공이 이웃 사람들에게 음식을 베푼다. 생일은 선물을 받는 날이 아니라 선물을 주는 날이다. 사람들에게 뿐만 아니라 새들을 방생하고 동물이나 물고기에게 먹이를 준다. 그리고 가까운 사원에 들러 부처님께 예경을 올린다. 1시경에 생일 파티가 끝났음을 알리는 삼각형 모양의 쩨지라고 하는 종이 울린다. 사람들은 모두 사두(잘했어요), 사두, 사두라고 큰 소리로 외친다. 얼마 후 모든 사람들이 떠났다.

그 북적대던 소란스러움이 한순간에 사라졌다. 어디에서도 사람의 그림자는 찾아볼 수 없다. 아무 일도 없었다는 듯이 숲속 사원에 다시 고요가 찾아왔다. 새소리마저 사라져버린 적막! 작열하는 태양 빛만이 사원을 꽉 채우고 있다.

오랜만에 속세와 소통하기 위해 산 위로 올라간다. 그곳에 가면 와이파이가 연결된다. 산 정상에 올라가야만 접속이 가능한 와이파이는 전기도 들어오지 않는 이곳 오지 사원의 강력한 와이파워다. 나무 그늘 아래 앉아 세상을 향해 안테나를 세우고 잠시 세속에 물든다.

나는 무엇이 궁금한 것일까? 왜 그 세상에 미련을 버리지 못하는 것일까? 무엇에 집착할까? 아직도 세상에 욕심과 미련이 남아 있는 것이리라. 정적 속에 다시 찾은 나만의 자유. 나는 그 자유가 늘 그립다. 속세와 멀리 떨어진 깊은 산속 피안의 세계, 담마다야다 또야*! 그 깊이를 알 수 없는 무한한 공간! 나는 이 작은 숲속 세상에서 나만의 가장 넓은 세계를 마음껏 펼친다.

* 담마다야다 또야: 담마다야다는 부처님 법의 상속자라는 뜻이며 또야는 숲속 사원

죽은 벌레를 위한 진혼곡

일 년 만에 다시 찾은 숲속 오지 사원! 이곳 사원에는 마치 시간이 정지되어버린 것 같다. 일 년의 짧지 않은 시간 동안 아무 일도 없었다는 듯이 지난해 내가 쓰던 숙소에는 먼지만 수북이 쌓여 있다. 주인을 잃어버린 방안에서는 퀴퀴한 곰팡내가 진동한다.

불상 주위에는 쥐들의 배설물이 나뒹굴고, 구석구석을 장식한 거미줄, 누렇게 변해버린 변기, 여기저기 죽은 풀벌레들이 얼굴을 찌푸리게 한다. 창문 없는 화장실에는 온갖 벌레들이 죽어 있고 거미줄마다 이름 모를 벌레들이 살고 있다. 사원 곳곳에서는 고양이 배설물 냄새가 진동하고 파리 떼들이 윙윙거리는 소리가 마치 죽은 벌레를 위한 구슬픈 진혼곡처럼 들린다. 수년 동안 방치해 둔 폐가 같다.

도대체 어디서부터 어떻게 청소를 해야 이곳에서 마음 편히 머무를 수 있을지 난감하다. 짧은 순간 수많은 생각들이 올라오고 사라지고 또 올라오고 사라진다. 집으로 돌아가고 싶다. 마음과 일신의 안락을 찾아 편안하고 깨끗한 집으로 돌아가고 싶다. 지저분한 곳에서 하루도 머물고 싶지 않다. 돌아가고 싶다는 생각이 걷잡을 수 없이 일어난다. 나는 무엇을 기대하고 이곳에 온 것일까? 다시 오겠다고 결심한 것에 대해 후회의 마음이 일렁거린다. 후회라는 씨앗이 마술처럼 순식간에 싹을 터트릴 것만 같다. 그 순간 미친 듯이 내 마음이 요동친다.

나는 왜 이곳에 왔을까? 겨울 휴가를 보내기 위해 왔을까? 아니면 최고급 호텔을 기대하고 왔을까? 집착도 욕심도 번뇌도 다 버리기 위해 이곳에 왔다. 버리고 또 버리고 한 점 찌꺼기도 남지 않을 때까지 버리기 위해 이곳에 왔다. 무엇을 얻기 위해 온 것이 아니라 버리기 위해 이곳에 왔다. 버리고 또 버려서 온몸과 마음으로 무한한 자유를 얻기 위해 이곳에 왔다.

나는 언제나 현재를 불평하면서 살아온 습관에 젖어 있다. 그 습관을 버리기 위해 나는 이곳에 왔다. 습관은 현재를 만들고 미래를 만든다. 습관은 현생을 결정하고 내생을 기약한다. 좋은 습관은 좋은 결과를 낳고 나쁜 습관은 나쁜 결과로 이어진다. 나는 바로 그런 나쁜 습관을 버리고 좋은 습관을 기르기 위해 이곳에 왔다. 조금만 불편해도 도망치고 싶고, 조금만 힘들어도 그만두고 싶은 이런 습관을 버리기 위해 나는 이곳에 왔다.

몇 시간 동안 쓸고 닦고 말리고 환기를 시킨다. 대나무 껍질로 지어진 건물 곳곳의 틈새로 바람이 들어오지 않도록 테이프로 붙인다. 벌레가 들어오지 못하도록 신문지로 구멍을 막는다. 담요도 햇볕에 말린다. 작년에 두고 간 옷에는 곰팡이가 하얗게 피어 있다. 한국에서부터 들고 온 방향제를 뿌린다. 그래도 퀴퀴한 냄새가 사라지지 않는다. 곰팡이 핀 옷가지들을 가루 세제를 푼 물에 담가 놓는다. 카펫을 들어보니 물기가 축축하다. 지난 우기 때 찬 습기가 아직도 그대로인가 보다. 카펫을 걷어 햇볕에 말린다. 딱딱한 나무 침상에 몇 겹으로 담요를 깔고 모기장을 친다. 모기장에서도 역겨운 냄새가 심하게 난다. 나무 침상 옆에 간이 책상도 들여놓는다. 나만을 위한 작은 법당 한쪽에 밥상도 들여놓고 필요한 물건들을 정리한다. 방안에 가득한 습한 냄새는 아직도 사라지지 않는다. 그래도 한바탕 청소를 하고 나니 조금 쾌적함이 느껴진다. 사람 사는 냄새가 조금 난다.

긴 하루였다. 어느덧 그 긴 하루도 저물어간다. 부처님 앞에 무릎 꿇고 하루를 마무리한다. 법당에서 들려오는 스님의 염불 소리가 마음의 고요를 부른다. 염불 소리를 자장가 삼아 숲속 사원에서의 첫날밤을 맞이한다.

생각이 만들어낸 허상

대나무 껍질로 만든 내 꾸띠 옆에 죽은 나무 한 그루가 서 있다. 나뭇잎 하나가 내 손바닥보다 더 큰 나무다. 말라붙은 나뭇잎 밑에 수많은 송충이들이 집을 짓고 살고 있다. 바람에 나뭇잎이 떨어지면서 꾸띠 지붕 위로 송충이가 우수수 떨어진다. 떨어진 송충이들이 느릿한 걸음으로 처마 밑으로 기어와 내 방문 앞에 자꾸 떨어진다. 새벽에 문을 열 때마다 머리 위에서 송충이가 떨어질까 봐 손전등을 비추어 확인한 다음에 나가곤 한다.

밖으로 나갈 때마다 혹시나 방문에 붙어 있지 않을까 살펴보게 된다. 혹시나 내 신발 속에 들어가 있지 않을까 신발을 불빛으로 비추어 확인한 다음 신는다. 천장을 살피고 벽을 살피고 땅바닥을 살핀다. 이런 내가 이해되지 않는 듯 내 식사를 요리해주는 젊은 처녀가 한국 집에는 송충이가 나오지 않느냐고 묻는다. 소달구지 타고 다니는 깊고 깊은 오지의 산골 처녀가 21세기 최첨단의 한국 아파트를 상상이나 할까?

죽은 나무 쪽으로 나 있는 나무문에도 송충이가 몇 마리씩 붙어 있다. 문을 열다가 송충이를 손으로 잡지나 않을까 노심초사다. 일어나는 순간부터 잠잘 때까지 온통 송충이 생각뿐이다. 살생을 금하는 계를 지켜야 하므로 죽이지 못하고 매일 아침 빗자루로 송충이를 떼어서 멀리 숲속에 버린다. 그러다가도 몰래 살짝 한 마리씩 죽이기도 한다. 그런데 많이 죽이면 나무에 붙어 있는 송충이들이 한꺼번에 모두 내게 달려들 것만 같아 죽이지 못한다. 결국 죽이는 것도 포기한다.

송충이가 나올 때마다 너무 징그러워서 당장 이곳을 떠나고 싶다는 생각뿐이다. 아직은 방안까지 들어오지 않지만 방으로 들어오면 그때는 어찌해야 할지 걱정이다. 어떤 사람은 이곳에 수행하러 왔다가 송충이가 너무 많이 나와 포기하고 갔다고 한다. 방문 앞에 송충이가 시꺼멓게 떨어져서 발을 내디딜 곳이 없을 정도였다고 한다. 미얀마 사람도 견디지 못하고 항복한 송충이와의 전쟁! 나도 자신 없다.

싫은 상황에 부딪치자 제일 먼저 든 생각이 탈피하고 싶다는 생각이다. 상황을 해결하기보다는 도망치고 싶었다. 이렇게 싫다는 생각을 하면 할수록 현재 처한 상황을 더 견디기 힘들어졌다. 그런데 어쩌면 세상에 존재하는 모든 것이 내 생각이 만들어낸 허상일 뿐이라는 생각이 들었다. 모든 것은 내 마음이 만들어낸 가상의 세계일지도 모른다.

어차피 머물기로 한 날까지 나는 이곳에 있어야 한다. 그래서 마음을 바꿔서 송충이도 살아 움직이는 한 생명체이기 때문에 징그럽다는 생각을 버리기로 했다. 유심히 살펴보니 송충이가 싫고 징그럽다고 생각하면 할수록 더 많이 나오는 것 같았다. 그래서 마음속으로 선전포고를 했다. 내 눈에 띄지 않게 멀리 도망가라고 엄포를 놓았다.

놀랍게도 그다음 날부터 눈에 보이는 송충이 수가 훨씬 줄어든 느낌이었다. 송충이가 줄어든 것이 실제 상황일까? 단지 내 착각일까? 실제 상황이든 착각이든 그것은 중요하지 않다. 송충이만 안 나오면 그것으로 된 것이다.

어미 묘의 모성애

고양이 에인절이 새끼 세 마리를 낳았다. 주먹보다 조금 큰 아기 고양이들이 쉴 새 없이 어미 젖꼭지를 빨아댄다. 밤마다 싸움박질해대던 에인절이 순한 양이 되었다. 언제나 새끼들 곁을 떠나지 않고 핥아주고 젖먹이고 혹시 다른 고양이들이 헤칠까 봐 잠시도 새끼들 곁을 떠나지 않는다.

햇볕이 따뜻하게 내리쬐는 아침, 에인절 가족 옆에 앉아서 녀석들이 하는 모양새를 물끄러미 지켜보았다. 세 마리 새끼 고양이들이 어미 등에 올라타고 다리 밑으로 들어가 젖을 빨아대도 조용히 새끼 고양이들을 빨아주고 핥아만 준다. 잠시라도 새끼가 눈앞에 보이지 않으면 두리번거리며 찾느라 정신이 없다. 새끼에 대한 어미 고양이의 마음이 눈물겹다. 먹이를 먹으려 해도 새끼 고양이들 때문에 제대로 먹지도 못한다. 그래도 새끼들이 하자는 대로 다 받아주고 다른 고양이들이 다 먹고 떠난 자리에 홀로 나와 먹이를 먹는다.

266

그런 에인절도 맛있는 먹이 앞에서는 새끼에게도 절대 양보하지 않는다. 자기부터 먹고 본다. 어쩌면 새끼들에게 젖을 물려야 하니 가리지 않고 많이 먹어야 할 것이다. 새끼들도 어미도 나만 보면 특별식 달라고 야옹, 하며 줄줄이 따라다닌다. 나의 분주한 캣맘의 하루가 시작된다. 고양이들이 길을 막아서는 바람에 제대로 걸을 수도 없다. 먹는 것 앞에서는 주인이든 객이든 상관없다. 누구든 먹이 주는 사람이 주인이다. 고양이들에게는 충성이나 정의 따윈 없는 모양이다. 내 배부르면 어떤 것도 중요하지 않은 것 같다. 먹이 주던 큰스님만 따라다니더니 언제부터인가 큰스님의 존재는 잊어버린 채 나만 따라다닌다. 삽시간에 주인을 바꿔버린다.

양철 지붕 위에서 밤마다 싸우던 에인절이 이젠 세상에서 가장 순하고 모성애 넘치는 어미 고양이로 변신했다. 그것도 일 년 만에 성격이 완전히 달라졌다. 새끼를 보호해야 한다는 위대한 모성애의 표본이다.

성격이 바뀌면 습관이 바뀐다. 습관을 바꾸면 성격이 바뀐다. 그 습관이 현재의 내 모습이며 미래의 내 모습이다.

이름 없는 이름

언제나 내 방 밖에서 웅크리고 앉아 나를 살피는 녀석이 있다. 항상 내 눈치만 보고 의기소침하다. 내가 방 밖으로 나가면 쏜살같이 도망쳐버린다. 몰래 그 고양이에게 맛있는 먹이를 줘도 다른 고양이들이 어떻게 냄새를 맡았는지 달려들면 슬슬 자리를 피하고 만다. 그런 녀석이 불쌍해서 방으로 들어오라 아무리 불러도 눈치만 보면서 들어오지 못한다. 보다 못해서 녀석을 덥석 들어 방으로 데려와서 생선이며 닭고기를 준다. 계속 내 눈치를 살피며 먹이를 다 먹자마자 문 쪽으로 냅다 달려간다.

다른 고양이들은 모두 이름이 있는데 이 녀석은 이름도 없다. 그래서 나는 이 녀석을 이름이라고 부른다. 이름아! 이름아! 먹이를 줄 때마다 그 이름을 불러준다. 한 달 내내 이름이는 어김없이 내 방문을 지킨다. 가끔 밥상에 올라온 생선이며 고기를 남겨놓았다가 살짝 불러 주곤 한다. 그런데 언제부턴가 녀석에게서 생기가 돌기 시작한다. 늘 도망만 치던 녀석이 다른 고양이들과 싸움도 하고 먹이를 먹을 때도 양보하지 않는다. 몰라보게 용감해졌다. 자신감도 생겼다. 내 눈길만 마주쳐도 도망치곤 했는데 이제는 내 치마폭을 맴돌며 머리를 들이댄다. 몸통을 쓰다듬어주면 그렁그렁 소리를 낸다. 고양이가 기분이 좋으면 그런 소리를 낸다고 한다. 예전 같으면 쓰다듬어주려고 손을 대려고만 해도 도망치던 녀석이다. 그때에 비해 훨씬 행동도 빨라졌고 민첩해졌다.

그 후 방문만 열면 이름이는 쏜살같이 내 방으로 뛰어 들어온다. 한번은 새벽 먹이를 주는 시간에 내가 밖으로 나온 사이에 언제 들어왔는지도 모르게 방으로 들어온 모양이다. 먹이를 주면서 아무리 불러도 녀석이 나타나지 않았다. 먹이를 다 주고 숙소로 돌아가 방문을 열자마자 녀석이 허겁지겁 뛰쳐나왔다. 완전히 달라진 녀석의 민첩함에 놀라기도 했지만 기특했다. 이제는 이름아! 하고 부르면 내게 달려온다.

매일 나는 녀석에게 사랑을 주고 마음을 주고 맛있는 먹이를 준다. 비쩍 말라서 몰골도 초췌했던 녀석이 어느새 밝게 빛나고 있다. 사랑으로 키운 아이는 자신감이 넘치고 무엇을 하든 용기와 생동감이 함께 한다. 동물도 마찬가지다. 사랑은 마음의 영양분이다. 사랑은 삶의 근원이며 생명의 꽃이다. 사랑은 사람도, 동물도, 식물도 건강하게 자라게 하는 강력한 에너지다.

탁발 길잡이

검은 구름 고양이 모네와 싸우다가 한쪽 눈을 실명한 보숍이 지난 일 년 동안 모네의 눈을 피해 숲에서 살다가 사원으로 돌아왔다. 그동안 모네가 무서워서, 다른 한쪽 눈마저 잃어버릴까 봐 두려워서 돌아오지 못하다가 모네가 죽자 당당하게 사원으로 입성한 것이다.

갑작스러운 이방 묘(猫)의 출현에 다른 고양이들이 보숍만 보면 으르렁거린다. 새끼 고양이들까지도 보숍의 근접을 막으려고 한다. 고양이들의 텃세가 보통이 아니다. 보숍은 먹이를 주는 시간에도 선뜻 들어오지 못하고 숲에서 서성인다. 나는 새벽마다 숲을 향해 "비숍, 비숍, 라라라라(오라고 부르는 미얀마 말)!"라고 외쳐댄다. 큰스님이 비숍이 아니라 보숍이라고 고쳐준다. 비숍은 가톨릭의 주교라고. 그런데 나도 모르게 자꾸 비숍이라고 소리쳐 불러댄다. 불교 사원에서 가톨릭교회의 주교님을 외쳐 부르는 모양새가 되어버렸다.

새벽마다 보숍이 어디선가 조용히 나타나서 밥그릇에 자기 몫의 먹이가 채워지기를 기다린다. 다른 고양이들은 서로 밥그릇 싸움하며 먼저 먹으려고 머리를 들이대지만 보숍은 한쪽에 앉아서 그저 지긋이 내려다보며 기다린다. 다른 고양이들의 밥그릇이 다 채워질 때까지 묵묵히 기다린다. 마지막으로 한쪽에 밥그릇을 놓아주면 서두르지 않고 천천히 그곳으로 가서 먹는다. 동물이 먹이 앞에서 초연해진다는 것은 여간 힘든 일인데도 보숍은 결코 서두르지 않는다. 전생에 인욕바라밀을 많이 닦은 모양이다.

보숍이 나타나 눈길만 마주쳐도 다른 고양이들이 싸움을 건다. 그럴 때마다 덩치 큰 보숍은 질세라 상대 고양이를 완전히 제압해버린다. 다행히 이 녀석은 상대를 봐주면서 혼내준다. 모네는 인정사정없이 물어뜯어 버리는데 보숍은 겁만 준다. 사려 깊은 녀석이다. 어느 날, 늘 싸움만 하는 것처럼 보이는 보숍을 큰스님이 호되게 혼내준다. 다른 고양이들 같으면 잽싸게 도망가 버릴 텐데 이 녀석은 쥐 죽은 듯이 납작 엎드려서 꾸중을 듣고 있다. 신통하다.

보숍은 새벽마다 눈치를 보면서 아침먹이를 먹은 후 큰스님이 탁발 가는 숲속 길 앞에 쪼그리고 앉아 있다. 스님이 방문을 열자마자 앞으로 달려가 숲속 오솔길로 안내한다. 그렇게 마을까지 산 하나를 넘어 한 시간 정도 가야 하는 길을 앞장서서 동행한다고 한다. 탁발을 마치고 산 정상에 이르면 어디서 나타났는지 어김없이 녀석이 나타난다고 한다. 그리고 사원 근처까지 길 안내를 한 후 숲속으로 조용히 사라진다고 한다. 큰스님은 탁발 길동무라고 대견해한다.

과묵하고 성실한 탁발 안내 묘, 보숍! 녀석이 기특해서 칭찬도 해주고 쓰다듬어주며 맛있는 간식도 준다. 칭찬은 고양이도 춤추게 한다.

새끼 잃은 어미의 상실감

겨울바람이 몹시도 심하게 불어대던 밤, 미얀마의 삔우린에 위치한 깊은 숲속 사원의 기온은 아마도 영하로 떨어진 것 같다. 담요를 머리끝까지 뒤집어써도 찬바람이 뼛속까지 스며든다. 고양이들도 추운지 따뜻한 잠자리를 차지하려고 밤새 싸워댄다.

다음날 새벽에 나와 보니 다른 고양이들의 공격을 피하기 위해서인지 에인절이 새끼 고양이들을 데리고 사라졌다. 사방 간 데를 다 찾아보고 이름을 불러보아도 아무런 반응이 없다. 이른 새벽부터 이리저리 뛰놀며 장난하던 새끼 고양이들이 어디선가 금방 나타날 것만 같다. 계란 노른자를 감춰놨다가 몰래 아기 고양이들에게 주곤 했더니 나만 줄줄 따라다니던 녀석들이 보이지 않는다. 내가 미처 방에서 나가지 않으면 방문을 긁으며 맛있는 먹이 달라고 울어대던 녀석들이 눈에 선하다.

하루가 지나고 새벽 먹이를 주는 시간에 어둠을 뚫고 에인절이 홀로 나타났다. 하루 사이 한 끼도 먹지 못했는지 배가 홀쭉해졌다. 내가 준 먹이를 허겁지겁 정신없이 먹어댄다. 그리고 마을로 통하는 숲속 길에 우두커니 앉아 있다. 그때 어디선가 고양이 울음소리가 들리자 길을 따라 달려간다. 나도 대나무 장대 하나를 들고 에인절의 뒤를 따라나섰다. 한참 동안 숲속 길을 가던 에인절을 한순간에 놓쳐버렸다. 사원으로 돌아와 큰스님께 말씀드리자 스님이 그곳으로 다시 가보았지만 에인절도 새끼들도 찾을 수 없었다. 다음 날, 새벽 먹이 주는 시간에 에인절을 소리쳐 불렀지만 나타나지 않았다. 산속 어디선가에서 야생 개들의 사나운 울부짖음 소리가 들렸다.

탁발을 마치고 돌아온 큰스님이 다시 에인절이 어제 갔던 길로 새끼 고양이들을 찾으러 갔다가 사원으로 돌아오고 있는 에인절을 만났다. 다시 돌아온 어미 고양이는 그사이 갈비뼈가 튀어나올 정도로 말라 있다. 점심에 먹지 않고 보관해둔 정어리를 밥에 비벼준다. 숨도 쉬지 않고 먹는다. 허겁지겁 먹고 있는 녀석을 바라보고 있는 내 마음이 짠하다. 새끼를 잃어버린 어미의 마음이 전해져온다. 마파람에 게 눈 감치듯 정어리를 먹어 치운 후 숲속으로 향한 길을 하염없이 바라보고 앉아 있다. 어디선가 고양이 소리만 나도 주위를 두리번거린다. 새끼들과 함께 놀았던 곳으로 가서 냄새를 맡는다. 그리고는 어디론가 새끼들을 찾아 헤매다가 하루 만에 돌아오기도 하고 이틀 만에 돌아오기도 했다.

마지막으로 사원을 나간 지 사흘이 지난 새벽녘, 에인절이 세 마리 고양이를 데리고 나타났다. 사원 식구들은 모두 환호성을 지르며 에인절을 향해 박수를 보냈다. 이것은 위대한 인간 승리가 아니라 위대한 어미 묘의 승리였다. 에인절을 따뜻한 내 품에 꼭 안아주고 싶었다. 나는 얼른 계란 노른자와 생선을 버무려 에인절에게 주었다.

　　새끼를 잃은 어미의 허전함, 그 상실감을 안고 잃어버린 새끼들을 찾아 사냥개들의 위험 속으로 달려간 어미 묘, 목숨까지도 잃을 각오로 새끼들을 보호한 에인절의 지극한 모성애가 참으로 눈물겹다.

　　혼돈의 세상 속에서 수많은 아픔과 역경을 이겨내고 지금 이 순간까지 살아남은 모든 생명체들은 형언할 수 없을 만큼 위대한 존재다. 그들 앞에 겸허함과 존경을 다 해 진심으로 고개 숙인다.